여기 있어

여기 있어

곽설리 소설

문학나무

차 례

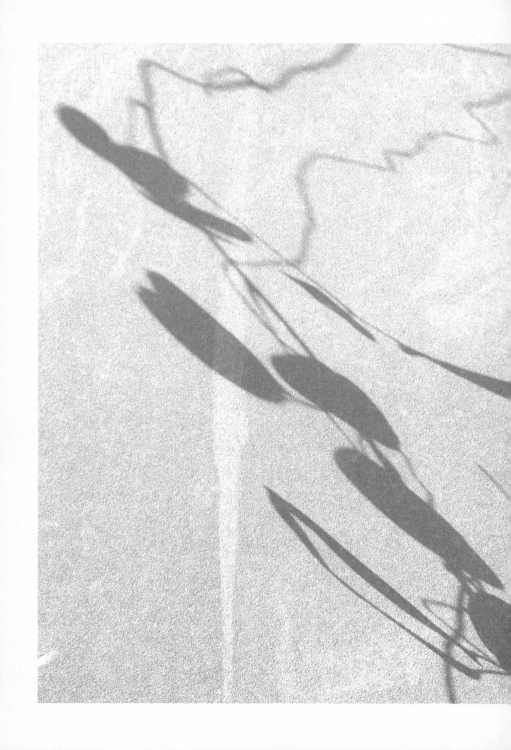

동네 풍경

멈출 수 없는 젊은 여인의 욕망처럼 사위에서 불어오는 산타아나 강풍의 기세에 부풀어오른 불길이 서둘러 동네의 집 쪽을 널름거렸다

동네 풍경

　빌리는 늘 '좋은 게 좋은 거'라는 식으로 말은 하면서도 무엇이나 그냥 넘어가는 법이 없었다. 언제나 살기에 바빠 허덕이는 나를 보면 어느새 회오리바람처럼 다가와 나와는 전혀 관계도 없고 흥미도 없는 이웃들에 관한 이야기를 늘어놓곤 했다. 그럴 때면 나는 온갖 궁리와 방법을 동원하여 그에게서 벗어나야지 하면서도 번번이 붙들리고 말았다. 까닭은 그의 입에서 나오는 이웃들에 관한 이야기를 듣다보면 그냥 지나칠 수 없기 때문이었다.

　"이봐 수키, 오늘 내가 무얼 보았는지 알아?"

　빌리는 술 냄새를 풍풍 풍기며 나를 불러 세웠다. 그와 동시에 나의 호기심도 발동했지만 나는 서둘러 집으로 가야 했다.

"빌리, 지금 넌 피곤해요. 오늘도 종일 일을 했거든요. 일도 늦게 끝난 데다 남편이 오기 전에 식사도 준비해야 하고……."

완강한 나의 반응에도 그는 눈 하나 깜박이지 않았다. 빌리는 거침없이 하루 동안 그에게 일어났던 일을 나에게 보고했다. 쌀쌀해진 날씨부터 동네사람들, 그리고 오늘 다녀간 메일맨 이야기와 요즘들어 부쩍 게을러진 자신의 아내에 관한 험담에 이어 다람쥐가 드나들며 기어이 부셔놓고 만 그의 낡은 담장이야기로까지.

나는 그의 말에 집중하지 않고 우리 집 쪽으로 몸을 돌렸다.

"수키, 저 맨 끝 단층집 말이야! 저기, 자작나무가 한 그루 서 있는 집."

그는 길 끝 단층집을 손으로 가리키며 갑자기 음성을 낮추고 눈을 가늘게 떴다. 또 그 집의 남편이 일을 하러 간 동안 트럭을 몰고 왔다 간 남자의 이야기였다. 물론 호기심을 일으킬 만한 사건이기는 했어도 내가 알 바 아니었다.

나는 어서 집으로 돌아가야만 했다. 트럭을 몰고 온 남자가 열 명이나 왔었다고 해도 더 이상 그의 이야기를 들어 줄 수가 없었다. 다시 보자는 말을 남기고 나는 그의 앞을 떠났다.

빌리의 성격에 문제가 있다는 건 아니었다. 빌리 부부는 내가 이사 왔을 때부터 이미 이 동네에 살고 있었다. 그래서 나는 대략 그의 삶을 알았다. 그의 부인 메리는 그와 달랐다. 절대 이웃과 말을 섞는 여인이 아니었다. 밖에 나와 시간을 보내지도 않았다. 내가 이 동네에서 살고 있는 십여 년 동안 그녀를 밖에서 본 건 단지 그녀가 우편물을 가지러 나올 때 뿐이었고 어쩌다 눈이 마주쳐도 짧은 인사를 남기곤 금방 사라지는 게 고작이었다.

그러나 빌리는 달랐다. 그는 이웃들에게 언제나 친절하고 자상했다. 특히 옆집에서 살고 있는 우리 가족에게도 많은 관심을 가지고 있었다. 하지만 성질 급한 남편은 누구와도 오래 이야기를 끄는 걸 선호하지 않았다. 그러니 말꼬리를 잡고 늘어지는 빌리를 달가워할 리 없었다. 메리조차도 자신의 남편 빌리가 입만 열면 듣기 싫다고 귀를 막으며 사라질 정도였다.

나는 직장에서 집으로 돌아온 후면 대강 샤워를 마치고 코치에 걸터앉아 머리도 말릴 겸 민트 잎 하나를 띄운 쟈스민 티를 마시며 느긋하게 뉴스를 보았다. 그런데 어떤 때는 나만의 즉흥적이고 달콤한 계획을 모두 포기하고 빌리를 따라 어두컴컴하고 지저분한 그의 집 리빙룸으로 들어설 때도 있었다.

"어서 들어와서 우리 메리를 만나봐요!"

'아니, 왜 지금 내가 메리를 만나야 한다는 거야!'

동네 풍경

—

스스로에게 의문을 품으면서도 빌리의 뒤를 졸졸 따랐다.

가끔 빌리의 한마디는 마법처럼 나를 그의 영역 안으로 끌어들이곤 했다. 그것은 '산다는 일이 다 그냥 넘어가 주는 일은 아닌 것' 말고도 빌리 특유의 그 한없는 선량함 때문이었다.

"메리, 지금 수키가 자기를 만나고 싶다고 왔어. 지금 방문을 열어도 돼요?"

커다란 덩치와는 어울리지도 않는 상냥한 음성으로 빌리가 애원했고, 나는 그의 뒤에서 멀뚱거리며 서 있었지만 메리가 있는 베드룸은 좀처럼 열릴 기미도 없이 완강히 닫혀 있을 때가 대부분이었다.

'이그, 왜 나를 데려왔담! 아니, 난 또 왜 따라왔담!'

후회 막심했지만 나는 빌리가 열려라 깨알을 삼세번 외치듯 몇 번인가 메리에게 아양을 떠는 소리를 고스란히 다 들어야만 했다.

그래도 문이 열리지 않자 빌리는 문을 열었다. 안으로 들어간 빌리와 메리가 투닥이며 언쟁을 계속했다. 밖으로 나온 빌리의 어깨가 축 처졌다. 빌리는 메리가 지금 나를 만날 수 없다는 말만 중얼거리며 나를 다시 현관으로 안내했다.

여기 있어

—

맨 처음 이 동네로 이사 와서 빌리와 메리를 처음 만났을 때만 해도 그들은 그저 평범하고 조용한 부부였다. 빌리는 권위 있는 관공서의 수퍼바이저였고 그의 아내는 공공기관에서 사무관으로 일하고 있었다.

그들 부부는 아침이면 서둘러 일하러 나갔고 가끔 자신의 집으로 오는 신문이나 우편물들을 수거해 줄 것을 우리에게 부탁하고는 여행을 떠날 때도 있었다. 그들은 늘 아주 행복해 보였고 열심히 일하는 전형적인 아메리칸 부부였다.

언제부터인지는 알 수 없지만 그 부부의 모습이 동네의 길에서 자주 눈에 띄기 시작했다. 그런데 평소의 각이 선 말끔한 양복차림과는 거리가 멀었다.

양복을 입고 브리프 케이스를 든 빌리의 모습은 마치 007주인공처럼 당당하고 매력적이었는데 이제 후줄근한 티셔츠에 반바지 차림이었다. 그리고 빌리가 나사가 빠진 듯 어눌한 모습으로 동네사람을 만나 오래도록 이야기를 하는 모습은 자주 볼 수 있는 동네 풍경의 일부가 되었다.

한 번은 남편이 빌리에 대해 물었다. 그가 직장을 그만두었느냐고. 옆집 낸시의 말을 떠올렸다.

"내가 듣기엔 빌리가 문제가 많아서 직장을 쫓겨났대!"

낸시는 계속 무어라고 혼자 중얼거렸지만 나는 별로 신경을

동네 풍경

—

쓰지 않았다. 그러나 나는 얼이 반쯤 나가있는 빌리와 자주 만나는 동안 그 문제가 무엇인지를 자연히 눈치채게 되었다.

그들은 주로 밤에 깨어 있고 낮에는 잠들어 있었다. 한 번은 빌리의 메일이 우리와 바뀌는 바람에 메일을 들고 빌리의 집 초인종을 눌렀던 적이 있었다. 아무리 기다려도 아무 기척이 없었다. 한참을 기다리다 전화를 했다. 아무도 전화를 받지 않았다.

조금 열려진 그라지 문을 통해 그들의 차 두 대가 모두 고스란히 집에 있는 것이 보였다. 나는 다시 초인종을 눌렀다.

한참 후에야 문이 열리며 졸린 듯 부스스한 모습의 빌리가 나왔다. 빌리는 눈이 부신 듯 두 눈을 가늘게 떴지만 나를 보자 곧 표정이 달라지며 반색을 했다. 메일을 내밀며 혹 잘못 들어간 나의 메일이 있는지 보아달라고 부탁을 했다.

"어제는 메리가 메일 체크를 했는데……."

말끝을 흐리며 빌리가 메일을 확인하기 위해 집안으로 들어가며 나에게 들어오라고 손짓했다. 나는 빌리를 따라 그의 집 리빙룸으로 들어섰다.

빌리의 집은 황폐했다. 잡지와 신문과 책들이 복도에 엉망으로 쌓여 있었다.

'도대체 이 집에서 무슨 일이 일어나고 있는 거지?'

메리가 있는 침실 문은 여전히 완강하게 닫혀 있었다. 빌리가 침실 문앞에 가서 메리를 불렀다. 아무 반응이 없었다. 어처구니가 없었다.

"메리, 거기 있어?"

마침내 기다리던 빌리가 침실 문을 열었다. 한낮인데도 어두컴컴한 방 침대 위에서 나체인 채 뒹구는 메리의 실루엣이 보였다.

와인 냄새가 진동했다.

"메리는 아픈가요?"

빌리는 고개를 옆으로 저었다.

"여보, 수키왔어! 혹시 당신이 메일을 가져왔어? 수키네 우편물이 우리 것과 바뀌었다는데……"

"하이, 수키!"

'맙소사!'

나는 너무 민망하고 당황한 나머지. 시선을 천정으로 옮겼다. 이윽고 메리가 일어났다. 나는 또 한 번 놀랐다. 언제나 말이 없고 새침하던 메리의 제멋대로 축 늘어진 가슴과 게슴츠레하게 뜬 눈이 생소하게 느껴졌다. 메리는 느린 동작으로 탁자 위에 놓인 가운을 맨몸에 걸쳤다.

집안에서 퀘퀘한 먼지 내음과 술 내음과 음식 내음이 범벅

동네 풍경
—

이 되어 떠돌았다. 보통 사람들이 사는 집이 아니었다.

아름답고 자존심 강하고 새침했던 지적이던 메리와 빌리의 모습이 완전히 변해 있었다. 깔끔하고 정리되어 있던 쾌적한 그들의 공간은 어디로 간 걸까. 낸시의 말이 생각났다.

"수키, 빌리와 메리는 이제 완전히 변했어!"

공휴일 뒷마당의 나뭇잎을 끌어 모으다 마주친 낸시는 나에게 다가와 빌리와 메리에 대해 이야기하며 빗자루 끝으로 그들의 집을 가리켰다.

"도대체 이유가 뭐지요?"

나는 반사적으로 물었다.

"누가 알아요?"

낸시는 두 손을 들어 보이며 고개를 설레설레 저었으나 정보는 정확했다. 낸시의 말에 의하면 빌리는 직장에서 쫓겨난 후 한동안 다른 곳에서 일을 하는 듯했다. 하지만 일자리가 마음에 들지 않은지 자주 파티 등을 돌아다니며 과음을 하기 시작하다 그 직장에서도 쫓겨나는 신세가 되었다.

그러는 동안 메리도 직장을 일찍 은퇴했다.

"난 정말 그동안 열심히 일해 왔어!"

메리는 낸시를 만나면 늘 그렇게 말했다.

"난 정말 쉬고 싶다고! 정말 내 시간을 엔조이할거야!"

여기 있어

—

은퇴한 후 그녀는 음식을 만들거나 청소를 하거나 정원을 가꿀 때 외엔 텔레비전 앞에서 빈둥거리며 시간을 보냈다. 종일 침대나 소파에 누워 늘어지게 낮잠을 자기도 했다. 빌리와 함께 타이티섬으로 여행을 떠나기도 했다.

일본을 다녀올 땐 엄청나게 값이 나가는 골동품 같은 요란한 물건들을 사들고 와 늘어놓으며 좋아하기도 했다는 것이다.

메리는 처음엔 정말 행복한 것 같았다고 했다. 부부는 각자 멀지 않은 부모님 댁을 찾아가 한동안 묵다가 오기도 했고 그런대로 잘 지내는 것처럼 보였다. 하지만 어느새 둘은 대부분의 시간을 술에 절어 살았다.

낸시는 수학선생으로 오래 재직하다 은퇴했다. 낸시의 두 아들은 출가하고 아직도 남아있는 장애인 딸과 함께 살고 있었다. 남편이 세상을 떠난 후에도 남편과 아이들의 추억이 있는 집을 지키며 살았다.

은퇴했어도 자원봉사를 하거나 학교에 파트타임으로 나가 수학을 가르친다고 했다. 커뮤니티 칼리지에 이태리어를 수강하기도 했다. 그 외에도 지역 오케스트라에 나가 플룻을 불었다.

앞을 보지는 못하지만 낸시의 딸도 직장을 다니며 행복하게 살고 있었다.

— 마당 딸린 번듯한 집도 있겠다. 은퇴연금도 나오겠다. 일을 하러 다닐 필요도 없고……. 도대체 왜 낮이나 밤이나 종일 술을 그렇게 마셔대는지…….

— 맞아요! 빌리두 날리는 축구선수였다지 않아요. 키도 크고 체격도 좋고 잘 생긴 외모에 거기다 금발에 푸른 눈이 아니에요?

— 언젠가 빌리가 그러데요. 메리도 대단한 인테리라고요.

— 아마 다섯 개 나라 말을 한다지?

— 영어는 물론, 불어, 스페니쉬, 중국어, 라틴어까지……에구 난 영어 하나도 제대로 못하는데…….

— 나두 들었어요. 명문고교 교장이던 빌리의 아버지가 몇 번이나 교내의 우등상을 휩쓸던 재치 있고 영리한 메리에게 반해 나중에 가장 사랑했던 아들 빌리를 소개시켰다는 것. 그 소식은 그 지역 신문에도 소개가 되었다면서요?

우리는 언젠가 빌리의 부친이 심어주었다던 빌리의 집을 울타리처럼 감싸며 서 있는 싸이프러스 나무를 바라보며 이야기했다.

— 아, 그 두고두고 회자되었다던 유명한 이야긴 알고 계시

는군요. 메리가 알아주는 우등생이었다는 사실도.

― 그럼 뭘해요?

낸시도 고개를 끄덕이며 말했다. 우리는 시큰둥하게 마당의 나뭇잎들을 끌어모으다 치우지도 않은 채 각자 집 안으로 돌아왔다.

그렇게 아름다운 용모도 술 앞에서는 다 소용이 없었다. 메리는 매일 잠옷 바람으로 집에서 뒹굴었고 종일 와인만을 마셔댔다. 그러다 졸리면 아무 시간대에나 자다가 일어나 배가 고파지면 무언가 요리를 만들고 새벽이든 밤이든 만든 음식을 배불리 먹고 다시 잠이 들었다.

갸름하고 날 서 있던 그녀의 아름다운 얼굴은 모두 다 무너지고 초미니 스커트가 어울리던 나오미 캠블처럼 길고 날렵했던 몸매는 무디어져서 늘 휘청거렸다. 걷는 것도 버거운 듯 뒤뚱거렸다.

나는 집에 혼자 있을 때면 아들 방에 있는 피아노의 뚜껑을 열곤 했다.

옛날처럼 악보를 기억하거나 손가락이 돌아가지는 않았어도 피아노는 늘 나의 마음을 아련한 추억으로 기울게 했다.

마음의 기울기에 따라 건반 위에 손을 얹었다. 어디에나 마음을 기대기 힘든 시대를 사는 요즈음 나의 유일한 위로였다.

동네 풍경

―

그 날도 생각나는 대로 건반을 눌러보았다. 내 손가락의 근육들이 아직도 기억하고 있던 베토벤의 피아노곡이 흘러나올 때였다. 옆집에서 창문을 활짝 여는 소리가 들렸다.

빌리가 요란하게 박수를 쳤다. 나는 당황한 나머지 의자에서 일어나 아들 방 창문을 열고 밖을 내다보았다. 빌리가 활짝 웃으며 서 있었다. 최근에 빌리가 그렇게 활짝 웃는 모습을 본 적이 없었다.

"수키 계속하세요. 내 귀에 익숙한 곡이야. 베토벤 같은데…… 방금 나는 우리 댄의 소파에 기대어 잠깐 잠들어 있었는데 꿈결에 내가 아직 부모님 댁에 살고 있는 것 같은 착각을 했어."

나는 그의 말에 고개를 끄덕였다.

"맞아! 그 곡이었어! 어머니와 누나들도 그 곡을 치곤했어. 어릴 때부터 자주 듣던 곡이야! 수키, 고마워."

빌리가 눈물을 글썽거렸다. 빌리는 자신의 어머니와 형제자매의 이야기를 하곤 했다. 빌리는 부유하고 교육열이 높은 부모님과 걱정을 모르고 행복하게 자랐다.

"우리는 바닷가 근처 오 에이커도 넘는 넓은 집에서 행복하게 살았지. 말들도 여러 마리 있어서 형제들과 함께 말을 타고 바닷소금에 절은 바람을 맞으며 힘껏 달리곤 했지."

여기 있어

―

그리고 빌리는 또 자신이 왜 그토록 깊은 슬픔에서 헤어날 수가 없는지 왜 술을 마셔야 하는지 그 슬픔에 대해 나에게 모두 털어놓았다.

　　"나는 원래 쌍둥이었어. 우리 쌍둥이 형제는 유난히 사이가 좋았고. 우린 단짝이었지. 어디에고 함께 다녔지. 학교도 항상 함께 다니고 친구들과 만날 때도 언제나 함께였어."

　　그런데 그의 쌍둥이 동생이 차사고로 먼저 세상을 떠났다. 동생이 그에게서 사라지자 그는 절망에 빠지고 말았다.

　　"꼭 내 자신이 미완성품으로 전락한 것 같았어. 한쪽 가슴이 아니, 한쪽 빗장뼈가 늘 비어 있는 것 같은 상실감이라니……참기 힘들었지."

　　빌리는 자신의 가슴 위로 손을 가져갔다.

　　"동생이 떠난 후 나는 내 빈 가슴을 술로 채워보려고 했었지…… 그러나 술로도 달래지지 않았어."

　　나 역시 쌍둥이들은 서로에게 특별하고 유일한 존재라고 알고 있었다.

　　동네에 도둑이 들었던 날은 모처럼 생일 파티에 초대받아 집을 비우고 있었을 때였다. 마침 빌리와 메리도 출타 중이었다.

동네 풍경

—

도둑은 그날 비어 있던 집들을 모조리 공략했지만 어찌된 셈인지 우리 집만 거기에서 빠져 있었다. 집으로 돌아 온 빌리가 난장판이 된 집을 보고 놀라 경찰에 신고를 했다.

"수키, 우리 집이 도둑을 맞았는데 그 집은 별일 없었어요?"

빌리는 우리 집에 전화를 해서 그 사실을 알렸다. 하지만 우리 모두는 사람들이 집을 비워 다치지 않은 것만 다행으로 생각했다.

"텔레비전이니, 보석이니 모두 가져갔데요. 차고에 있던 툴박스도 여러 개 가져갔고 우편물까지 가져갔다더군요."

나는 빌리에게 들은 대로 낸시에게 전했다.

"세상에, 빌리네 집에 무슨 훔칠 만한 물건이 있다고……."

낸시가 고개를 저었다.

"아니, 그 고물 텔레비전을…… 참, 도둑들도 어지간히 눈이 삐었군."

빌리와 메리와 낸시 부부와 우리 부부를 포함한 동네사람들은 매년 망년이 되면 돌아가며 망년파티를 열었다. 이번에는 모두 낸시의 집에서 모였다.

파티엔 낸시의 옆집 젊은 부부도 참석했다.

빌리가 늘 트럭을 탄 남자가 다녀갔다고 투덜대던 바로 그 집의 주인이었다.

여기 있어

—

그 날도 술이 거나하게 오르자 빌리는 예의 트럭을 몰고 왔다던 남자의 이야기를 두서없이 늘어놓았다.

트럭을 몰고 온 남자란 동네 여러 집을 다니며 파이프를 갈아주던 배수공이란 사실이 밝혀졌다. 사실 그는 노인에 가까운 백인이었다. 그는 젊은 부부의 집 오래된 화장실의 파이프를 갈러 자주 그 집을 드나들었던 사실이 밝혀졌다.

"그 집 일이 끝난 후 우리 집 목욕실의 파이프도 갈아 달라고 부탁해 두어서 견적을 내기 위해 다시 우리 집을 몇 번 왔었지요. 그분이 느리긴 해도 일은 확실하게 하는 분이거든요?"

낸시도 한 마디 거들었다. 그러나 조금 떨어진 빌리의 집에서 보면 자작나무에 가려져 젊은 부부의 집 차도와 헷갈리는 구조였다.

어차피 술이 좀 들어가면 얼음 풀린 봄철의 강물처럼 몸과 마음이 가물가물 흘러가버리는 빌리의 의문들이 낸시에 의해 한순간 풀어졌다.

어쩐 일인지 빌리 부부는 내년부터는 금주를 하겠다고 자신들의 신년계획을 제일 먼저 이웃들에게 공표를 했지만 파티가 시작될 때부터 술에 취하는 기색이 역력한 그들의 말을 아무도 믿어주지 않는 눈치였다.

이웃들은 샴페인 잔을 부딪치며 새해 인사를 나누었고 모두

동네 풍경
—

다 즐거워했다.

실내에서는 음식 냄새와 계피 냄세와 샴페인 냄새가 진동했고 이웃들이 음악을 크게 틀어놓고 댄스를 하거나 음식을 먹으며 웃고 떠들었다. 이웃들의 웃음소리와 아이들이 웃거나 울거나 떠드는 소리도 그 안에 섞여졌다. 친숙하고 정겹고 흥겨운 시간이 흐르고 있었다.

술을 전혀 마시지 못하는 내가 이웃들과 인사를 나누며 마신 샴페인 때문인지 심한 두통과 갈증이 느껴졌다. 나는 찬 물을 마시기 위해 자리에서 일어나 부엌으로 가는 문을 열었다.

부엌 문 옆의 스위치를 켜자 밝은 불빛이 파티오까지 새어 나갔다.

의외에도 파티오에서 빌리와 젊은 부부의 부인이 격정적으로 포옹하고 있는 모습이 포착되었다. 불빛이 나오자 그들은 서둘러 밖으로 빠져나갔다.

'이게 도대체 무슨 일이란 말인가!'

나는 그 의외의 광경에 잠시 어리둥절한 채 멍하니 서 있다 파티가 무르익어 왁자지껄 시끄러운 거실로 돌아왔다.

주위를 둘러보자 남편은 소파에 앉아 이웃의 노인과 웃으며 담소 중이었지만 메리의 모습도 젊은 여인의 남편 잭의 모습도 보이지 않았다.

여기 있어
—

낸시는 마시던 샴페인 잔을 치즈 트레이 옆에 내려놓고 블루치즈를 자르고 있었다. 나는 낸시에게 다가갔지만 도무지 내가 본 것들이 환영인지 실제인지 분별력을 상실할 만큼 충격을 받았다.

낸시에게 내가 본 것들을 사실대로 말했다. 낸시도 샴페인 잔을 든 채 이웃과 담소하고 있는 이웃들 중에 그들의 모습이 보이지 않자 망연히 현관으로 나가서 밖을 살폈다.

회오리바람처럼 밀려오는 산타아나 강풍에 커튼이 허풍스럽게 들썩였다. 남아 있던 메틸나무 입새들이 떨어져 쇳소리 같은 비명을 지르며 다급히 바람의 바퀴 속으로 말려들었다.

젊은 부부의 남편 잭의 랜지 로버가 거칠고 요란한 소음을 내며 길 끝에서 사라지던 참이었다.

"아니, 어찌 된 일이지?"

"언젠가는 이렇게 될 줄 알았어!"

현관문을 닫고 다시 거실로 돌아온 낸시는 이마에 손을 얹으며 충격에 빠진 듯 혼자 중얼거렸다.

언젠가 젊은 부부의 아내가 보험회사 직원이라는 사실을 낸시에게 전해들은 적이 있었다. 그녀는 측천무후처럼 안하무인 격인 여인이었다. 짙은 붉은 색 에나멜이 불길하게 반짝이며 물들여진 기다란 손톱은 성난 고양이처럼 위험해 보였다. 그녀는 길고 마른 몸매에 굽이 높은 구두를 신고 있었다. 가슴은 늘 반 이상 훤히 드러나 있는 슬립리스 차림이었다.

그녀를 볼 때마다 그녀가 위태롭게 허공을 휘적거리고 있는 듯 야릇하고 불안정한 느낌을 받았다. 낸시는 그녀가 수완이 대단해서 벌써 빌리도 그녀에게 보험을 몇 개나 들었다고 했다. 낸시는 또 빌리가 부모로부터 어마어마한 재산을 상속받았다는 이야기를 그녀에게도 했는지 모르겠다고 우려했었다.

"설마!"

그런 이야기들이 나에겐 너무 비현실적이고 황당하게 들려서 그런 빌리에 대한 소문에는 아예 신경을 쓰지도 않았고 까맣게 잊고 있었다. 낸시는 젊은 여인이 평소에 수입이 형편없는 남편 대신 집안의 재정과 모든 책임을 맡는 데 대한 불만이 컸다는 것이다. 그리고 평소에도 빌리의 집을 자주 드나들었다고 했다. 하지만 종일 직장을 나가는 나로서는 전혀 모르던 사실이었다.

낸시의 우려는 현실이 되어 그 모양새를 드러내고 말았다.

주변의 산에서 걸핏하면 크고 작은 산불이 나기는 했지만 이번만은 달랐다. 삽시간에 변위전류에 휩쓸린 동네사람들은 이번에 일어난 산불의 진원지와 그 이유를 알게 되었고 할 말을 모두 잃었다.

　빌리와 여인이 탄 푸른 빛 에스유비는 젊은 부부의 남편 잭이 들이 받아 산 아래 언덕으로 굴러 떨어졌고 가스통이 터지며 불길에 휩싸였다. 연기가 삽시간에 동네의 허리를 휘감았다.

　멈출 수 없는 젊은 여인의 욕망처럼 사위에서 불어오는 산타아나 강풍의 기세에 부풀어 오른 불길이 서둘러 동네의 집 쪽을 널름거렸다. ✈

동네 풍경
—

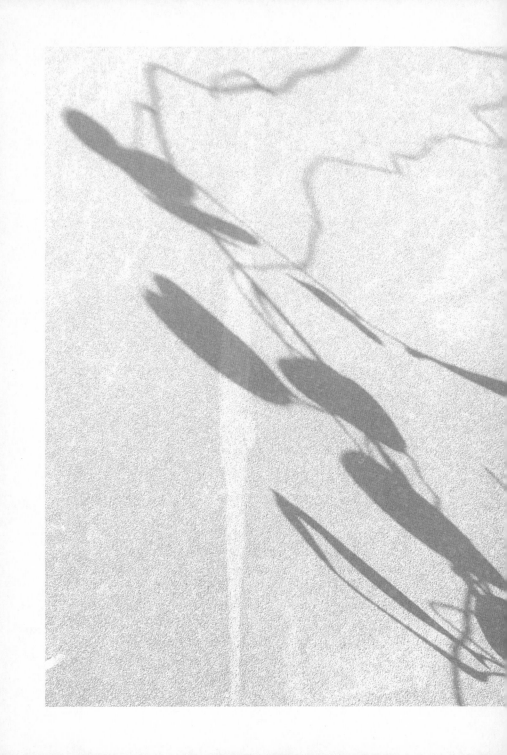

돌아오기 위하여

그녀가 내게 들려준 이야기는 내 속에 와서 그녀의 말인지
내 상상의 말인지 모를 말의 족쇄가 되었다

돌아오기 위하여

매년 10월이 되면 이웃들은 할로인 준비로 분주하다. 저마다 할로인을 위해 집 앞을 치장하거나 장식하기 때문이다. 검은 고양이나 마녀, 그리고 빨간 팜프킨 잭 오 랜턴이나 허수아비 같은 통상적인 이미지들은 일종의 애교에 불과하다. 요즈음 이웃들의 상상력은 점점 더 괴기스러운 쪽으로만 흘러가는 중이다.

어떤 집은 자신들의 집 앞을 턱하니 공동묘지로 만들었다. 음산한 비석이 여기저기에 세워지고 그 중 한 묘지는 아예 파헤쳐져 피투성이 시신의 일부가 몰골사납게 묘지 밖으로 나와 있다.

집으로 돌아오기 위해 어둠이 내리기 시작한 거리를 지날 때 흰 옷을 걸친 유령들이 줄줄이 길 옆 나무 위를 장악하고 바람에 흰 옷자락을 휙휙 날리는 광경을 본 사람들은 알 것이다.

소름 돋는 음산하고 섬짓한 느낌을……

하얀 유령을 백 개도 넘게 달아놓은 집도 있다. 괴기, 그 자체인 몰골의 강시와 해골들도 나무 위 여러 곳에 줄줄이 매달려 있다.

그 중에서도 가장 참을 수 없는 광경은 목매단 여인의 앞을 지날 때이다. 가만히 보니 괴기스런 마녀의 옷을 입힌 마네킹을 집 발코니 끝에 목 매달아 놓았다. 물론, 목매단 여인의 목 부위에선 피까지 질질 흐르고 있다. 이건 분명 도를 지나친 장난이다. 도대체 웃어야 할지 울어야 할지 속에서 슬그머니 부화가 치민다.

이런 나의 심정과는 아랑곳없이 여러 형태의 알 수 없는 저승사자와 귀신들과 드라큘라와 프랑켄슈타인과 험상궂은 험프 백도 합세해 줄줄이 그 집의 층계 부근을 장악하며 어슬렁거린다.

평소에도 가뜩이나 늑대들만 출몰하는 좁은 산 길 위의 동네에서 아이들이 과자를 얻으러 올 일도 없는데 왜 그런 걸 발

여기 있어

—

코니에 매달아 놓아야 하는지 어이가 없어진다.

집으로 돌아오는 밤길, 비좁은 모퉁이를 돌고 돌아 그 집 처마 밑을 지나 올 때면 마음이 섬뜩해지고 기분이 음산해져 우울증에 걸릴 지경이었다.

그래서 나는 어서 10월의 끝자락 할로인이 끝나주기만을 기다리는 심정이 되는 것이다.

그 이상한 집은 매년 10월이면 어김없이 목매단 여인을 처마 끝에 매달아 놓았다. 주인은 캐티라는 젊은 여인이었다. 초록빛 섞인 푸른 눈에 긴 금발이 허리께까지 출렁이는 아름다운 그녀는 늘 어깨가 드러나고 속이 훤히 비치는 레이스 드레스를 입곤 했다.

니콜 키드만처럼 길고 마른 몸매는 고양이처럼 나른해 보이기도 했고, 날렵한 사자 같은 반동의 기질도 엿보였다. 그녀는 아름답지만 한 마디로 이렇다하게 꼭 집어 말할 수 없는 특이한 인상의 소유자였다.

이웃이긴 하지만 그녀가 우리 동네로 이사를 온 이후 가끔 길을 지나며 그녀의 모습을 본적은 있었어도 그녀가 우리 집을 직접 찾아오기까진 한 번도 가까이에서 말을 건네 본 적이 없었다.

그런데 어느 한 여름 초대되었던 동네의 팟 록 파티에서 우연히 그녀를 만나게 되었다. 그녀와 나는 한 테이블에 앉게 되어 서로 이런 저런 이야기를 나누었다.

가까이서 보니 그녀는 아주 상냥하고 친절한 여인이었다. 특히 그녀는 음악에 관심이 많아서 나와 최근에 공연된 이런 저런 지역 오페라 가수들의 노래에 관한 의견을 주고받았다. 그런데 그녀와 이야기 하는 동안 나는 그녀의 표정에서 웬지 그녀가 비현실적인 세계에서 사는 캐릭터라는 것이 어렴풋이 느껴졌다.

파티에서 그녀를 만나 이야기를 나누었던 몇 달 후였다. 놀랍게도 케티가 우리 집을 방문했다. 케티는 자신의 집에서 땄다는 푸른 사과를 한 광주리나 나에게 가져다주었다.

나는 그녀와 함께 티를 마시며 그녀에게 무슨 일을 하느냐고 무심코 물었다. 케티가 아직 젊은 여성이었기 때문이었다. 그런데 그녀는 의외에도 자신이 아무것도 하는 일 없이 집에서 정원을 가꾸며 그럭저럭 소일하고 있다고 밝혔다. 아직 아이도 없는 젊은 여인이 뚜렷한 직업도 없이 집에만 있다는 사실이 나에게는 잘 이해되지가 않았다.

그런데 그날 난 그 여인이 나에게 들려준 이야기가 하도 이상한 나머지 그녀가 돌아간 날 밤에도 쉬이 잠을 이룰 수가 없었다.

왜? 무슨 생각에선지는 몰라도 그날 그녀는 그동안 자신이 살아온 이야기를 모두 나에게 들려주었다.

"저는 고아였어요."

"……."

"저는 어릴 때 고아원을 전전하다 운 좋게 양부모님을 만났지요. 고맙게도 저를 지극히 사랑해주신 더 할 나위 없이 좋은 분들이었지요. 신앙심도 깊었고 이해심도 많았어요. 마음이 아주 넓은 분들이셨기에 저는 입양 후 구김없이 자랐어요."

"정말 좋은 분들을 만나셨군요."

스스럼없이 자기소개를 하는 그녀의 첫마디부터 당혹스러웠지만 나는 고개를 끄덕이며 동의했다.

"양부모의 댁에서 자라는 동안 저는 어느덧 자립해야 할 나이에 이르고 있었어요. 저는 전 세계를 돌아다녀 보고 싶은 꿈에 잔뜩 부풀었어요."

"나도 여행을 좋아해서 그동안 세계 여러 나라를 돌아다녔어요."

"저는 꿈이었던 여행을 떠나기 위해 틈틈이 파트타임 일을 열심히 했지요. 몇 년간 여행을 위한 여비도 꽤 많이 모아 놓았어요."

여행 이야기가 나오자 나는 덩달아 그녀에게 맞장구를 쳤다.

여행을 다녀온 추억은 생각만 해도 언제나 다시 가슴을 뛰게 했다. 세계 여러 나라를 여행하며 만났던 신기한 풍물들이 어제인 듯 새롭게 떠올랐다.

이방의 도시를 찾을 때마다 그 도시만의 낯설고도 놀라운 풍경에 매료되었다. 여행지에 도착하면 그곳의 뮤지엄과 전시회, 오페라와 발레를 빠짐없이 관람했고, 나라마다 도시마다 다른 음식을 먹는 재미에 푹 빠졌다. 각 나라마다 다른 문화와 전통역시 흥미 있었고 많은 것을 배우고 경험하는 시간을 보냈었다. 그런 만큼 나는 그녀와 모든 여행지에 관한 추억담을 나누기를 기대했다.

그녀의 꿈이었으며 그녀의 미래를 향해 뻗어 있던 탄탄대로인 것만 같았던 무전여행 길은 맨 처음 유럽의 파리에서 시작되었다.

"저는 그리도 꿈에 그리던 파리에 도착했지요. 샹제리제 거리를 거닐 땐 정말 황홀한 기분이었어요. 결국 나에게도 이토록 아름다운 거리를 걸을 수 있는 기회가 오는구나! 모든 일이 믿을 수 없어 한껏 들떠 있었지요. 매 순간 기쁨과 경이로움에 어쩔 줄 몰랐어요. 파리에서는 저와 비슷한 연대의 여행객들도 많이 만났고 그들과 서로 이런저런 정보도 교환 하면서…… 알고 보니 그곳에는 여행객들을 위한 여러 기관에서 숙소를 제공하기도 했지요. 저에게는 시간도 많이 있었고 아무것도 걸릴 게 없이 그들과 함께 몽마르뜨와 노트르담과 미라보다리와 그리고 에펠탑, 마르세유궁전, 파리의 시내와 교외와 정말 발길 닿는 대로 여행을 다녔지요. 마음껏 자유를 만끽하던 행복한 시간이었어요."

그녀는 유럽의 여러 나라를 다닐 수 있는 유레일 시스템을 이용했다. 유레일을 타고 로마와 베네치아와 플로랜스와 베로나와 그리고 스위스 독일, 비엔나와 프라하를 돌아다녔다. 그 외에도 영국과 북유럽의 모든 나라들을 거쳤다.

"스웨덴에서 핀란드까지는 그야말로 호화 유람선을 이용했지요. 저로서는 모든 것이 놀라웠고 새로운 경험이었고 좋은 사람들도 많이 만날 수 있는 기회를 가졌어요."

그녀는 핀란드에 도착해 호텔에 짐을 풀고 하룻밤을 보내며 필란드의 시내를 구경했다. 유명한 핀란드의 사우나도 해 보았다.

핀란드에서 기차를 타고 길고 긴 자작나무 숲을 지나 꿈속에서도 그리던 모스크바에 이르렀다. 그러나 중국 대륙을 지나 인디아를 방문하던 길에서 그녀는 지독한 난관을 만났다.

"저는 인디아의 수도 뉴델리에 도착한 후 여느 때처럼 미국에 있는 양부모에게 전화를 하기 위해 공중전화 박스로 갔지요. 약속했던 대로 저의 근황을 알리기 위해서였지요. 제 스마트폰 모니터의 액정이 깨져버려 작동이 안 돼서 공중전화를 이용해야 했거든요. 양부모님들은 제가 어디에 가 있는지? 또 제가 무사한지? 여비가 혹 모자라지 않았는지? 저의 안부에 대해 늘 노심초사하셨거든요."

"아 그러셨군요!"

나는 고개를 끄덕였다.

"그런데 제가 양부모께 전화를 걸던 순간 공중전화 박스 안에서 이상한 냄새를 맡고 기절을 했던 거예요."

"어머나! 왜지요?"

"누군가 나를 기절시키기 위해 마취제를 쓴 거였어요. 정신을 차렸을 때 저의 삶은 정상적이었던 일상과 완전히 단절되어버리고 말았지요."

그녀는 그곳에서 낯선 괴한들에게 납치당했다. 그녀가 정신을 차렸을 땐 이미 자신도 모르게 이곳저곳으로 여러 번 팔려 다닌 후였다.

여기 있어

—

알고 보니 그 나라에선 능히 그녀의 의사와는 상관없이 낯선 괴한들이 그녀의 삶을 장악한 채 그녀를 이리저리 팔아넘기는 상황이 벌어질 수도 있는 곳이었다.

그녀는 그 추악한 상황에서 빠져나오기 위해 백방으로 노력을 했지만 인신매매의 희생자 신세를 벗어날 수가 없었다.

"저는 제 스스로도 모르는 사이에 마약중독자가 되어 있었고, 제 자신의 삶의 주인이 될 수 없는 미로에 갇혀버리는 상황에 처해 있었던 거예요."

"세상에! 어떻게 그런 일이……."

나는 너무도 놀라 말을 이을 수 없었다.

"전 그래도 꿈속에서만은 집으로 돌아오기 위해, 원래의 제 정상적인 삶으로 돌아오기 위해 언젠가 그곳을 꼭 탈출해야 한다는 의지를 굳히고 있었지만 현실은 녹녹치 않았지요."

미로 속의 많은 눈들이 그녀의 자유를 박탈했다. 그녀의 숨구멍을 막아 놓았다. 그런 지옥 속에서 몇 년이란 세월이 흘러갔다.

그곳에서 저항이란 아예 있을 수 없었다. 그곳으로 잡혀온 젊은이들은 어떻게든 그 소굴을 벗어나려고 혈안이 되었다. 탈출을 위해 가진 방법을 다 동원했다. 하지만 그들은 자신들이 있는 곳이 어디인 줄도 몰랐다.

돌아오기 위하여

—

탈출을 시도했던 많은 젊은 남자와 여자들이 모두가 보는 앞에서 죽음을 당하기도 했다. 그곳은 상상할 수도 없이 무서운 소굴이었고 세상과는 단절된 감옥이었다. 그들에게 저항을 하던 이들은 하릴없이 신체와 장기의 일부를 잃는 처형을 당하기도 했다.

그녀는 자신의 눈앞에서 처형당하는 이들을 보며 그 지독하고 무서운 상황에서 살아남기 위해서는 무조건 그들에게 순종해야 한다는 사실을 절로 터득했다.

미로 속에서 그녀라는 존재는 하나의 힘없는 노예였다. 그저 아무 죄도 없는 죄수였을 뿐이었다. 젊고 힘이 센 그녀에게 그들은 비굴하게도 족쇄를 씌워놓았다. 그녀는 죄수처럼 손과 발에 쇠사슬을 달고 다녀야 했다.

그녀는 그곳에서 그녀가 당했던 일들을 모두 자세히 이야기하지는 않았다. 나 역시 더 이상 그녀에게 묻지 않았다. 하지만 이야기를 듣지 않아도 그녀가 당했던 고뇌가 나에게까지 전달되어왔다. 모든 상황이 그려졌다.

그녀는 마음 속 깊이 병이 들었다. 마음이 병들자 몸도 저절로 병이 들었다. 상심한 그녀는 몸져 누웠다. 자신을 가눌 힘이 없어 피폐해지고 치명적인 병이 들어 쓰러진 후에야 그녀의 족쇄는 풀렸다. 그러나 그곳을 빠져나갈 아무런 방법이 없자 그녀는 죽어버리기를 바라기도 했었다. 물론 그녀의 목숨은 죽은 목숨이나 마찬가지였다. 상상도 하지 못했던 상황이었다.

"어떻게 그곳을 빠져나왔어요?"

"저는 저 같은 환자를 진료하기 위해 우연히 들렀던 제 남편의 눈에 띄게 되었지요. 저의 남편은 정신과 의사지만 원래는 내과 의사였거든요. 그 때부터 남편이 목숨을 걸고 저를 구해주었지요."

그녀의 남편은 유명한 정신과 의사였다. 그녀는 남편의 도움으로 그곳을 빠져나올 수 있었다.

"그 때까지도 저는 제가 있는 곳이 어디인 줄도 모르고 있었지요. 그저 숨만 쉬고 있는 죽은 삶이었어요."

그러고 보니 그녀는 왠지 이상했다. 뇌의 어딘가에 나사가 빠져있는 것 같았다. 정상적인 인물이라기엔 무언가 이상한 점이 많았다.

그녀는 왜 하필 나를 선택했던 걸까? 왜 나에게 그런 지독스런 이야기를 들려주었던 걸까? 이 한 없이 조용하고 평온한 동네에서 조용히 살고 있는 그저 평범한 주부인 나에게 왜 그런 지독스런 이야기를 한 걸까? 그녀의 소름끼치는 과거를……왜 나에게 이야기해야만 했을까?

돌아오기 위하여

—

그것은 지금까지도 의문이었다. 그녀의 지나온 삶의 도정은 그야말로 나에겐 날벼락 같은 이야기였다.

나는 한동안 그날 그녀에게 받았던 깊은 충격으로 잠을 이룰 수가 없었다. 어느새 그녀의 분노가 나의 분노로 전이되어 있었다.

나는 너무나 슬픈 나머지 그녀에게 잘해주려고 노력했다. 내가 아끼던 좋은 물건을 선사하기도 했다. 하지만 그녀와 만날 때마다 알 수 있었다. 그녀의 감정 어느 한 부분이 작동이 되고 있지 않다는 사실을. 그녀는 언제나 감정의 기복이 심했다. 나사가 빠진 듯 종잡을 수 없는 성격이었다. 나와 약속을 하고도 약속을 지키지 않았고, 그 약속을 새까맣게 잊고 있을 때가 많았다. 나에게 무언가 부탁을 해 놓고도 부탁한 사실 조차 잊어버렸다.

때로 나는 그녀가 나에게 털어놓은 그녀의 이야기들이 진실이 아닌 그녀의 환각이 아니었을까? 하는 의구심에 사로잡히곤 했다. 실제로 그녀는 인디아의 수도 델리의 어느 도심지의 미로가 아닌 그녀의 마음속의 미로를 헤매 다녔던 게 아닐까? 혹은 세월의 한 부분을 그녀의 남편이 일한다는 정신병동의 한 병실 속에서 지나 왔던 게 아니었을까? 끝없는 의구심이 들었다.

여기 있어

—

어쨌든 확인해 볼 수도 없고 그 진실의 가부조차 알 수 없는 일이었다. 아니, 설혹 그렇다고 해도 상상만으로도 끔찍한 일이었다.

　　그녀가 마음속에 하필이면 그런 지독한 지옥을 지니며 살고 있어야 하다니…….

　　그녀가 할로인 때마다 처마 끝에 매달아 놓는 목매단 여인이 실은 그녀가 할로인을 역이용해 벌이고 있는 세상에 대한 복수극처럼만 느껴졌다. 아니, 그녀 스스로의 삶에 대한, 혹은 존재 자체에 대한 복수극 말이다. 그렇다면 그건, 스스로의 존재에 대한 저항이거나 살아오는 동안 몹시 고통스러웠던 그녀의 내면 모습인 것이다.

　　그녀는 자신의 과거를 아니, 추억을 암암리에 목매달고 싶어 했는지도 모른다. 누구나 목매달고 싶은 추억이 있는 법이다. 다시는 기억하고 싶지 않은 기억 따위들. 자신의 의사와는 반대로만 흐르는 세상에 대해, 불평등한 사회의 현상이나 세계의 정세에 대해. 모순으로만 꽉 차 있는 이해할 수 없는 방향으로만 치닫던 인류의 역사자체에 대해, 혹은 살아가는 동안 사랑하는 이들을 잃었을 때, 그 엄중하고 비정하고 불가항력적인 삶과 죽음의 본질을 깨닫는 순간 어쩔 수 없는 슬픔에

돌아오기 위하여
—

쌓여 몸부림치는 순간. 누구나 인간적인 스스로의 한계를 넘고 싶어 탈출을 꿈꾸며 안간힘 쓰며 울다 잠드는 밤이 있으리라. 참으로 추억을 목매달고 싶은 순간이.

삶이란 미로, 그 속에서 자신이 어디에 있는지 모르는 채 숨만 쉬며 살고 있는 나날에 대해. 운명이란 족쇄를 단 채 나라는 하나의 존재로서만 살 수밖에 없는, 이미 갇혀지고 이미 유린당한, 그런 유괴되어 자유가 박탈된 존재의 삶을 살지 않는 이들만이 그 절절한 슬픔을 느끼지 않을 수 있다. 그래서 우리의 실존은 투명한 빛을 발할 준비를 한다. ⸙

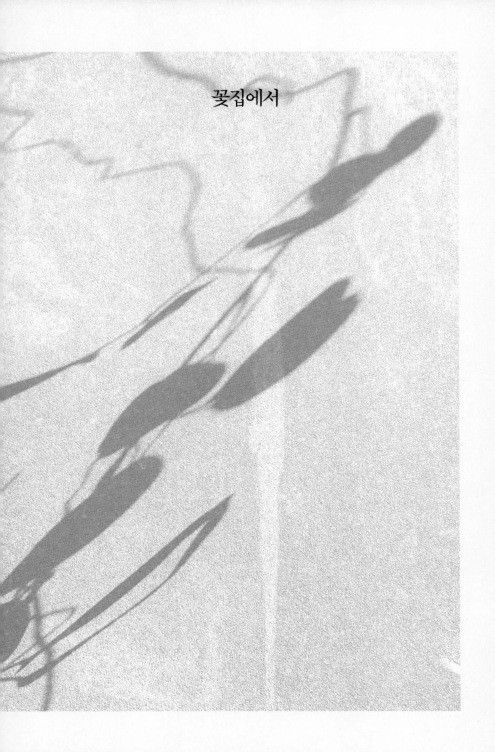

꽃집에서

상실의 마음 그 허공에 꽂고 싶은 꽃은 무슨 색일까? 색은
영이다. 제로다. 그 없다는 것 무색이다

꽃집에서

    한 여인이 꽃집 안을 기웃거렸다. 오전 동안 주문받은 꽃들을 배달 보내고 점심식사를 마친 후 가게가 한가할 때쯤이었다. 여인은 꽃집 앞을 지나다 걸음을 멈추고 쇼윈도를 장식한 꽃들을 유심히 살펴보더니 무언가 결심한 듯 두꺼운 꽃집의 투명한 유리문을 밀며 안으로 들어왔다.

    "어서 오세요!"

    손님을 맞을 땐 늘 그래 왔듯이 나는 반사적으로 그녀를 맞으러 코치에서 벌떡 일어났다. 시계를 보았다. 카운터를 면한 벽 위에 걸려 있는 낡은 벽시계는 이제 막 오후 2시를 가리키고 있었다.

여인은 몸에 꽉 끼는 블루진에 하얀 면상의를 받쳐 입은 차림새였다. 차림새는 젊어 보였지만 가까이서 보니 꽤 나이가 들어 보였다. 형편없이 마른 몸매에 얼굴도 작았고 햇볕에 오래 노출되었던 것처럼 가무잡잡했다.

꽃집에서 종일 틀어 놓아두는 클라식 에프 엠 라디오 채널에서는 소스타코비치의 첼로 협주곡 '제1번'이 흘러나오고 있었다.

"안녕하세요?"

그녀가 건네는 밝고 높은 톤의 말이 또 이어졌다.

"꽃들이 마음에 드네요. 색깔 배합도 다른 곳보다 품위 있고……그래서 저, 제…… 결혼식 꽃을 부탁하러 왔어요."

"아, 그래요? 그럼 우선 여기 앉으세요."

결혼식 고객은 우리 꽃집으로선 비교적 큰 손님인 만큼 나는 들고 있던 커피 컵을 얼른 탁자 위에 내려놓은 후 그녀를 소파에 앉게 했다.

그리고 결혼식 꽃 장식들을 가격대로 찍어 놓은 금색 테두리 대형 앨범들을 소파 뒤쪽에 위치하고 있는 알루미늄 선반으로 가서 꺼내 와 테이블 위에 내려놓았다.

"결혼식은 언제쯤 있을 예정인가요?"

나는 앨범을 유심히 드려다보는 그녀에게 물었다.

여기 있어

—

"음…… 아직 날자는 확정되지 않았어요. 그래도 미리 드레스니 선물이니 꽃이니 준비를 해 놓아야 하니까요."

"아, 그렇군요. 결혼 전에는 정말 준비할 것들이 많이 있게 마련이지요. 그런데 어떤 꽃을 제일 선호하시나요?"

"음, 피오니peony를 풍성하게 장식해 놓은 결혼식장에서 결혼을 하는 게 제 오랜 꿈이었어요……그런데……."

"피오니도 좋지만 제철이 아니니까……그래도 굳이 구하려면 비용이 엄청 들 걸요?"

여인이 주저앉아버릴 듯 역력히 실망하는 기색에 나는 얼른 말머리를 돌렸다.

"하기야 요즘 세상엔…… 제철 아니라고 못 구할 과일도 없는데 더더구나 꽃인데 못 구하겠어요?"

"역시…… 그렇지요?"

여인의 얼굴이 다시 밝아졌다.

"근데 준비할 게 꽤 많이 있을 텐데 혼자서 그 많은 걸 준비하나요? 요즘은 대부분 모든 예식준비를 신랑 신부가 반반씩 나누어 하는 추세던데요."

여인은 내 말에 완강히 고개를 저었다.

"우린 달라요. 친정과 시댁이 모두 한국에 계시니 결혼은 우리끼리 친구들이나 주위 사람들만 불러서 단출하게 하려구해

꽃집에서
—

요."

"네에⋯⋯."

그래도 나는 그녀를 이해 할 수 없었다. 이상했다. 신부라면 통상적으로 신랑을 대동하거나 하다못해 가족이나 친구들과 함께 우르르 몰려오는 법인데 이렇게 신부만 혼자 달랑 꽃집을 들렀다는 것과 아직 결혼 날자가 확정이 되지 않았다는 말이 마음에 걸렸다.

그래도 계속 앨범을 들추며 결혼식 꽃들을 진지하게 들어다 보는 여인을 무턱대고 말릴 수는 없었다.

"결혼 예정일은 대강 언제쯤인데요?"

나는 다시 그녀에게 물었다.

"지금 11월이니, 내년 3월엔 꼭 하게 될 거예요."

나의 물음에 건성으로 대답하며 한참 동안 앨범을 보던 여인은 생각난 듯 벽시계를 흘끗 보더니 벌떡 일어났다.

"다시 들릴 게요!"

그녀는 마치 인심 쓰듯 황망히 인사를 남겼다.

그 후로도 여인은 가끔 꽃집을 들렀다. 이상한 건 3월이 지났어도 조금도 서두르는 기색이 없었다. 마치 아무 일도 없는 것처럼 여전히 태연했다. 결국 그녀의 결혼 예정일은 3월에서 8월이 되고 다시 다음해 3월로 바뀌었다.

여기 있어

—

나는 초라하고 결핍이 느껴지는 여인의 행색을 보며 혹 꽃
을 주문할 금전적인 여유가 없지 싶어 주인여인과 상의를 해
그녀가 대폭 할인을 받을 수 있도록 원하는 가격에 맞춰주겠
다는 제안을 하고 결혼식 일정과 계획에 대해 더 자세히 물어
보곤 했었다. 하지만 그녀의 결혼식 날은 여전히 미정이었다.

　그녀는 그동안 신랑 후보를 한 번도 꽃집으로 대동하고 온
적도 없었다. 그러던 그녀가 하루는 결혼식날이 확정되었다면
서 나에게 예약금을 수표로 건네주었다.

　"이것 보세요? 그 신부 후보가 이제야 결혼을 하려는가봐
요! 드디어 수표를 놓고 가네!"

　적지 않은 액수의 수표를 받아 든 나는 기쁜 나머지 주인여
인을 향해 수표를 흔들어 보였다. 수표에 적힌 여인의 이름은
영이었다.

　몇 주가 지났다. 주인여인이 말없이 바운스 된 수표를 작업
대 위에 올려놓았다. 영의 수표가 되돌아왔던 것이다.

　"어떻게 된 일이지? 이 여자가 우리하고 장난을 하자는 것
도 아니고……."

　"세상에, 미국에서 수표를 바운스 내다니…… 이게 얼마나
잘못된 일인데…… 법적으로도 엄연한 위반이고…… 어떻

꽃집에서

―

게……."

어처구니가 없어 말을 채 잇지 못하는 나를 찬찬히 바라보던 주인여인이 기막힌 듯 고개를 저었다.

"암튼, 이런 비즈네스를 하다보면 벼래 별 사람이 다 있다니까……."

주인여인은 수표를 포기한 듯 말했다.

"어차피 예약금일 뿐이니 그냥 내버려두지."

아직 예약을 했을 뿐 실제로 아무 비용도 나가지 않았던 만큼 주인은 수표를 설합 안에 넣어 두었다.

의외에도 그런 영이 몇 개월이 지난 후 또 다시 꽃집에 나타났다.

"미국에서 수표를 부도내는 일이 얼마나 큰일인지 아시지요? 앞으론 우리 꽃집에서 댁이 내는 수표를 쓸 수 없게 되었어요."

"괜찮아요. 캐시로 내면 되지요, 뭐."

영은 책망하듯 말하는 나에게도 얼굴색 하나 변하지 않고 아무렇지도 않은 듯 응수했다. 보통 여자가 아니었다. 더구나 영은 그 후로도 여러 번 우리 꽃집을 찾아왔으니 말이다.

나는 이미 그녀의 결혼 꽃에 관한 기대를 모두 접은 지 오래였다. 하지만 그러고도 계속 찾아오는 그녀를 말릴 방법이 없

여기 있어
—

었다. 그녀는 오히려 나와 안면을 튼 사이나 된 듯 아무 때나 불쑥 찾아와서는 커피를 얻어 마시거나 꽃들을 구경하다 말없이 사라지곤 했다.

밤길에서 우연히 영을 보게 되었다. 10시도 훨씬 넘은 늦은 시간에 그녀는 칠흑같이 어둡고 위험한 우범지대를 혼자 걷고 있었다.

결혼 파티에 참석한 후 다운타운의 한 호텔을 빠져나와 집으로 돌아가려던 참이었다.

나는 급히 차를 갓길에 세우고 창문을 열고는 그녀를 차에 태우기 위해 불러 세웠다.

"여긴 어떻게……?"

나를 알아 본 그녀가 의아하다는 듯 눈을 크게 떴다. 하지만 그뿐이었다.

"위험하니 어서 내 차에 타요."

"괜찮아요. 저는 늘 이 길로 다니고 있어요. 하나도 위험하지 않아요."

거리에 눕거나 앉아 있던 홈리스들이 우리를 힐끔거렸다. 나는 다급했지만 그녀는 태연했다.

"위험하지 않다니…… 여긴 우범지대야! 저이들이 무섭지

꽃집에서

—

않아?"

나는 말하는 동안에도 온몸에서 소름이 돋았다.

"무섭긴요. 저들도 저와 같은 사람들인데요 뭐. 저는 괜찮아
요."

영의 태도가 너무도 완강해서 나는 그냥 차를 돌려 집으로
돌아왔다. 그녀가 도대체 왜 홈리스들이 있는 다운타운 거리
를 배회하고 있는 건지 의문이 가시지 않은 밤이었다.

자카린다가 흐드러지던 5월 어느 날 자카린다 가로수를 지
나다 버스 정류장에서 버스를 기다리며 서 있는 그녀를 보았
다. 그녀의 발아래 보랏빛 자카린다 꽃이 무더기로 떨어져 있
었다.

자카린다 꽃잎이 간간히 그녀의 머리 위로 떨어졌다. 그녀
의 표정은 그런 5월의 꽃축제와는 무관해 보였다. 이 세상의
삶과 자신은 아무 상관이 없다는 듯 젊은 여인의 그것이라고
는 할 수 없는 무연한 얼굴이었다.

그 후로도 그녀는 결혼식 꽃을 위해 꽃집을 여러 번 들러 꽃
이름을 묻거나 가격을 물어보곤 했다.

그녀의 결혼식 꽃들은 피오니에서 장미와 다시 난으로 몇
번인가 바뀌었다. 하지만 아직도 그녀의 마음은 종잡을 수 없
는 상태였다.

여기 있어
—

"내가 아직까지 살아 온 이야기를 모두 쓰면 아마 책으로 열 권이 넘을 거예요."

"저와 결혼할 수 있는 남자 좀 소개해 주실 수 없어요? 되도록이면 돈 많은 남자로요."

만날 때마다 그녀는 나에게 엉뚱한 말을 했다. 그럴 때 그녀에 대해 조금씩 더 알게 되었다. 그녀는 교회에서 쓴다든가 어딘가에 쓴다는 명목으로 계속 꽃을 구하러 꽃집을 들렀기 때문이다. 그녀는 무엇보다도 꽃을 선호했고 소중하게 생각하는 것 같았다.

그날도 영은 비교적 가격이 높은 꽃을 고른 후 흥정을 시작했다. 마침 주인이 없을 때여서 나는 적당한 가격을 불렀다. 왠지 그녀가 몹시 우울해 보였다.

"결혼 꽃을 주문한다더니 이 꽃은 어디에 쓸 거지?"

나는 보라와 핑크 리본을 섞어 비현실적일 만큼 화려한 포장을 마친 꽃을 그녀에게 건네며 물었다.

영은 포장된 꽃을 테이블 위에 놓고 소파에 털썩 주저앉으며 커피를 마시고 싶다고 했다. 나는 스타 벅 커피를 주문해 그녀에게 건네주었다. 꽃집은 한가했다.

"오늘이 아빠 기일이에요."

"아, 그랬군요."

꽃집에서
—

나는 고개를 끄덕였다.

"이 꽃을 아버지 영정 앞에 놓고 싶어요."

그녀는 부유한 가정의 고명딸로 자란 이야기로부터 자신을 파리로 유학까지 보낸 호탕하고 인자했던 부친의 이야기를 털어 놓았다. 하지만 파리 유학을 떠난 후 그녀의 부친은 세상을 떠났고 가세가 기울자 유학 생활을 더 이상 버틸 수 없어 집으로 돌아왔다. 그리고 살던 집마저 빚으로 넘어가 오갈 곳 없어진 노모를 모시고 미국까지 오게 되었다.

"어머니와 저는 그런대로 열심히 일을 했고 아파트도 얻어 함께 지냈어요. 아직 나이도 어렸고 어머니가 있으니 그런대로 의지가 되었고 다시 공부를 할 계획도 세웠지요. 정말 그때가 가장 행복했어요. 그런데 어머니가 대장암으로 돌아가셨어요."

그나마 가지고 있던 돈은 병원비로 없어지고 그녀는 빈털터리가 되었지만 그보다 더 한 것은 어머니를 잃은 상실감이었다. 영은 우울증에 시달리던 중 한 남자를 만났다. 남자는 과묵했고 대학시절 축구선수였던 만큼 체격도 좋았다. 영은 그 남자와 함께 있으면 마음이 든든해졌고 외롭지 않았다. 무슨 일이라도 견디어 낼 수 있을 것 같았다. 그들은 결혼하려고 마음을 먹었다. 영은 그의 아파트로 들어가서 살게 되었다. 하지만 남자는 늘 집을 비웠다. 영은 그를 잠시도 보기 힘들었다. 남자는 집을 나가면 한 달이고 두 달이고 돌아오지 않았다. 영은 이곳저곳을 찾아다니며 일을 했지만 영주권이 없어서 제대로 임금을 받아낼 수 없었다. 남자의 소개로 들어간 택시 회사에서도 처음과는 달리 주로 밤에만 일이 들어왔다. 영주권이 없었던 영은 아무것도 항의 할 수 없는 처지였다.

남자도 그녀와 같은 일을 한다고 했다. 남자도 영주권이 없다는 사실을 알게 되었다.

남자는 택시를 타고 멀리까지 다녀오곤 했지만 영은 그 자세한 내막을 알 수 없었다. 남자는 집으로 돌아오면 며칠이고 잠에 빠져 있었다.

결혼은 한 없이 미뤄졌고 결국 남자는 사라졌다. 남자는 돌아오지 않았지만 영은 택시회사에서 일하며 그의 숙소를 지키고 있었다. 그가 돌아오리라고 굳게 믿었다.

"그 때 저는 밤낮으로 택시를 운전하며 생계를 이어갈 때였는데 새벽마다 술에 취한 온갖 인종들을 상대하려니……."

"……."

"제가 아직껏 살아 있는 게 기적이지요. 끔찍한 일도 많았어요. 강간도 몇 번 당했고……."

"저런!"

꽃집에서

—

"강도를 당해 죽기 일보 전에 순찰을 하러 나왔던 경찰을 만나 극적으로 살아난 적도 있었고요. 그야말로 지겁고 무서운 나날이었어요."

그녀가 쏟아내는 이야기들은 내가 아는 세상과는 거리가 멀었다. 점입가경이었다. 나는 할 말을 잃었다.

"밤의 세계는 아수라장이었지요. 악다구니 술집 여자들, 난폭한 마약딜러들, 정신 나간 거리의 여자들, 강도들, 이젠 저도 눈 하나 깜박 안하지만…… 한 때는 ……그네들이 몹시 겁나던 순진했던 시절도 있었지요. 그들이 얼마나 악랄하던지…… 하지만 그들도 세상 끝에 매달려 아슬아슬하게 목숨을 이어가고 있는 독거미 같은 인생일 뿐이었지요……. 맙소사! 맨날 그 인간들을 상대하다 보니 나도……."

독거미에 물린 그녀의 삶이 퉁퉁 부어올랐다. 부기는 가시지 않았고 저 깊은 곳에서 생살마저 썩어가기 시작했다. 그녀는 폭삭 늙어버린 노파처럼 긴 한 숨을 토해냈다. 자글자글한 주름이 그녀의 지난했던 지난 세월을 생생하게 드러냈다.

맨 정신으로는 도저히 살 수 없었던 시절 밀려오는 잠과 불안감을 쫓기 위해 조금씩 시작했던 마약에 급기야는 중독되어 버렸다. 아이러니하게도 그 후로는 마약이 그녀가 삶을 이어가는 유일한 이유가 되었다.

여기 있어
—

"마약에 빠진 이유는 또 있었지요."

그녀와 동거를 했던 남자는 마약딜러였다. 그에 관해 이해할 수 없는 부분은 많이 있었지만 한 번 잠들면 죽은 사람처럼 몇 날이고 계속되던 그의 깊은 잠의 이유를 캐던 그녀가 우연히 동료를 통해 알게 된 사실이었다.

처음엔 영문도 모르고 그를 깨우려 혈안이 된 적도 있었다. 이상한 잠에 대한 정체는 벗겨졌다.

"그런데도 전 그 오빠가 저와 결혼을 해 줄 것이라고 굳게 믿고 있었어요."

"!"

"그 오빠가 마약딜러라는 건 알았지만 우린 둘 다 교회를 다니고 있었거든요?"

"??"

"우린 신앙심도 강했고 하나님을 믿고 있었으니까요."

영은 자신과 남자의 굳은 신앙심과 사랑의 힘으로 마약을 끊을 수 있을 거라고 믿었다. 말을 잇던 영이 허탈하게 웃었다.

마약의 유혹은 가까웠고 거부할 수 없이 그들을 파멸 속으로 밀어넣었다.

마약은 영과 그 남자가 서로 비밀을 공유할 수 있는 유일한

꽃집에서

―

매개체였다. 동지였고 사랑이었다. 목숨 건 위험 속에서 비밀을 공유한다는 건 사실 영의 모든 것 전체, 은밀한 기쁨이었다.

인위적인 달콤한 꿈과 희망에서 깨어나기도 전인 짧은 2년간의 동거생활 끝에 그 마약딜러는 그녀의 곁에서 홀연히 사라졌다.

그녀에게 덤으로 남겨진 건 차가운 현실뿐이었다. 생활고와 마약에 찌든 나머지 더 이상 일을 할 수 없었다. 설상가상 암 선고까지 받았다.

"그 오빠…… 아마 감옥으로 잡혀들어갔거나 아님…… 죽었거나……. 쫓겨서……어디론가 도망다니다가 다른 주로 떠났는지도 모르지요. 저에게 멕시코로 가야한다고 여러 번 말했거든요?"

그녀는 또 멕시코에서 마약에 관련된 이들이 3천 명이나 매장되었다던 뉴스를 보았다고 했다. 미궁에 빠진 그 마약딜러를 영은 한 없이 그리워했다.

"여기선 못 고칠 병이 아무것도 없어요."

기도원 여인은 영에게 그들이 모든 병을 다 고칠 수 있다고 단언하듯 말했다.

여기 있어

—

갈 곳이 없었던 그녀가 마약과 병든 몸으로 찾아간 교회의 광고판에서 우연히 엘에이 근교의 기도원에서 식사를 담당할 사람을 찾는다는 광고를 보았던 것이다. 영은 광고만 믿고 산 속 깊은 곳에 자리한 기도원으로 찾아갔다.

"철야기도와 안수기도 그리고 단식기도가 끝날 때마다 당신 몸속의 모든 동통들이 가시게 되고 오직 기도의 힘으로 병이 모두 나았다고 믿게 될 날이 곧 오게 될 거라고요."

기도원 여인의 확신에 찬 말은 듣는 이의 마음속에서 믿음이 절로 솟아나게 하는 힘이 있었다.

"……."

"기도원에서 만난 사람들은 하나 같이 나에게 자신들이 나의 병을 모두 고쳐주겠다고 했지요. 저는 늘 기도원에서 기도를 하며 살았어요. 정말 웃기는 일이었지요. 수많은 이들이 병을 고치기 위해 그렇게 기도원을 찾아오니까요."

이렇다하게 갈 곳이 없었던 영은 그 때부터 기도원에서 살았다.

기도원 주인은 어릴 때 미군과 결혼해 미국으로 와 한 때 술집을 전전했던 전력이 있는 여인이었다. 그녀 역시 불치병이 깊어져 거리를 방황하다 헌신적인 목사를 만나 기독교로 귀의한 후 한동안 전도사가 되어 활동하다 기도원의 주인이 되었

꽃집에서

—

다.

　알고 보니 기도원의 주인여자는 마녀 같은 여인이었다. 돈
만 밝혔다. 독거미 같이 악랄한 마약딜러였다. 기도원을 찾는
힘없고 병든 이들은 그녀가 쳐 놓은 거미줄 위에 대롱대롱 매
달리는 벌레 같은 신세로 전락했다.

　그녀를 위한 마약딜러나 마약델리바리가 되었다.

　영은 그곳에서 일을 하며 연명해야 했다. 입안의 혀처럼 눈
치 빠른 그녀는 필요에 따라 취사와 운전까지 병행해야 했다.
그 결과 그녀는 주인여자의 수족과 같은 존재가 될 수 있었다.
그곳의 누구보다도 능숙한 마약델리바리가 되었다.

　영은 마약을 델리바리하기 위해 시내에 나올 때마다 무한한
자유를 느꼈다. 그녀는 세상에서 자신이 제일 사랑하는 꽃들
을 구경하기 위해 늘 내가 일하고 있는 꽃집을 들렀던 것이다.

　영은 갈수록 수척해졌지만 늘 명랑했고 계속 꽃을 주문해
갔다.

　그녀는 내가 만드는 꽃다발 묶음들을 좋아했다. 핑크와 보
라와 초록의 배합도 좋아했지만 노랑과 보라와 초록의 배합도
좋아했다. 안개꽃은 너무 슬프다고 쓰지 않았다. 빨간 장미꽃
을 가장 선호했다.

　웨딩 꽃 주문은 아니었지만 누군가의 생일이라든가 혹은 그

냥 그 꽃이 좋다는 이유로 꽃을 사갔다. 그리고 나에게 들를
때마다 꽃집 소파에 앉아 꽃을 구경하며 커피 마시는 시간을
즐겼다.

얼마 전부터는 영은 상이라는 젊은 남자와 들를 때도 더러
있었다.

영은 상을 기도원의 생일파티에서 처음 만났다. 외로웠던
그들은 늘 손을 꼭 잡고 다니는 사이가 되었다.

"와아!"

"휘황찬란하네……."

기도원 집회실로 모여든 사람들은 놀란 입을 다물지 못했
다. 기도실 칸막이를 떼어내어 집회장으로 쓰기도하고 강당으
로 쓰기도 하는 누렇게 퇴색된 벽이 드러난 을씨년스런 공간
이 어느새 파티장으로 변해 있었다. 파티장엔 스왓밑에서 구
입한 색색의 싸구려 불빛이 돌아갔다. 파티장에 들어선 이들
이 넋을 잃고 휘황찬란한 불빛을 바라보았다.

"하기야! 한때는 세상에서 제법 한 가닥씩 하던 인물들이었
으니……."

술집 마담이었던 기도원 주인은 외딴 숲속에서 살며 적적함
을 달래기 위해선지 가끔 생일파티라든가 부활절, 크리스마스

등, 무슨 명목으로 든 파티를 열곤 했다.

쏟아져 나오는 댄스곡에 맞춰 하나 둘씩 몸을 흔들기 시작했다.

영은 자기소개를 하던 인물들을 하나씩 떠올렸다. 유명 배우도 있었고 대회사를 운영하던 사업가도 있었다. 그들의 공통점은 하나 같이 비정상적이고 비참한 상황에 처해 있는 것이었다. 그들은 한때 소유했던 많은 재산도 명예도 꿈도 모두 거품이 되어버린 빈털터리들이었다. .

죽음에 임박한 깊은 병을 앓고 있거나 마약에 빠졌던 전력으로 정신이 비정상적이거나 아직도 술과 마약과 노름의 늪에서 헤어나지 못했다.

세상에서 마약퇴치와 마약중독자를 선도한다는 유명한 마약퇴치 단체일수록 내부에서는 더 많은 마약이 유통되었고 더 많은 중독자들이 모여들어 더 거대하고 악랄한 마약의 소굴로 전락했다.

음악이 흘러나왔다. 영은 그 노래를 따라 흥얼거렸다. 어릴 때 동네의 골목 어귀의 상점에서 흘러나오던 유행가였다. 어린 시절이 생각났다. 그때는 상상도 못했던 현실을 살고 있지만 지금 유행가는 고향처럼 영의 가슴을 파고들며 마음을 따뜻하게 해주었다. 그래, 지금은 이 곡만 생각하자. 자포자기의

여기 있어

—

불량한 포스로 음악에 맞추어 흐느적거리는 영에게 상은 맨
먼저 다가갔다. 둘은 밤늦도록 춤을 추었다.

"몇 살이야?"

온몸이 땀으로 흠뻑 젖었을 때쯤 상이 궁금증을 참지 못하
고 영에게 바짝 다가서며 물었다.

"스물다섯!"

스스럼없이 대답했지만 영은 이미 서른여섯을 반이나 지나
있었다.

"몇 살이야?"

영이 상에게 물었을 때 상은 스물여덟이라고 나이를 부풀렸
다. 실은 열아홉 생일이 막 지났다.

아이러니하게도 제대로 먹지를 못했고 병마와 마약에 찌들
어서인지 유난히 깡마르고 작았던 영은 스물다섯이라 해도 믿
을 만큼 동안으로 보였다.

"어떻게 이 기도원에 와서 살게 되었지?

영이 상에게 물었다.

"난 어릴 때 버려져 고아원을 전전해 왔어. 갈 곳 없이 거리
에서 방황하던 나를 교회에서 만난 이들이 이 기도원으로 데
려와 주었지."

꽃집에서

―

영이 암의 재발로 세상을 떴다.

범죄적이고도 감당하기 힘들었던 그녀의 정체성은 마지막에야 낱낱이 밝혀졌다. 세상을 뜨기 얼마 전 영은 자신이 최근까지 사람들에게 마약을 전하던 델리바리였던 사실을 나에게 모두 털어 놓았었기 때문이었다.

영의 마지막 길은 상이 혼자 지켰다. 상이 눈물을 글썽이며 안타깝게 영의 손을 잡았다.

"누나, 나하고 결혼하겠다고 약속했지 않아?"

상의 손을 꼭 잡은 채 세상에서의 마지막 잠으로 빠져들기 전 영이 간절히 부르던 이름은 의외에도 한 때 영과 결혼을 약속했던 마약딜러 택시운전사였다.

상과 영은 엉뚱하게도 하루 빨리 돈을 벌어 기도원을 나와 함께 새 삶을 살기 위해 열심히 마약딜러를 해왔다. 하지만 영에게 상은 자신의 마음을 다 주기에는 너무나 어린 애송이에 불과했다. 단지 남동생 같은 가여운 존재로만 함께 했던 것이다.

얼마나 외로웠던 걸까? 영은 잘 알지도 못하는 나에게 그것도 자신이 그간 살아왔던 과거의 모든 것을 남김없이 토해냈던 셈이니……

"마약을 나르다 보면 전혀 엉뚱한 이들일 경우가 많이 있지요.”

영은 주변의 많은 이들이 하루하루 마약에 취해 죽어가며 연명하고 있다는 것이다. 전문직을 가진 이들, 비교적 사회적으로 성공한 이들, 그리고 그 안에는 유학생들도 있었다.

기도원에 모인 이들 중엔 마약중독과 술중독자들이 대부분이었다. 그녀는 그곳에서 부엌일을 하며 살기 시작할 때부터 본격적으로 마약을 하는 몸이 되었다. 암이 몸 전체로 퍼지자 마약 없이는 지긋지긋한 동통을 이겨낼 수가 없었던 것이다.

제멋대로 꽃집을 드나들던 영.

좋은 사람인가하면 종잡을 수 없이 변덕스러웠던. 한 없이 희미했고, 믿을 수 없었고, 늘 흔들리는 여진처럼 위태롭고 안절부절했던 그 젊은 여인.

그녀와의 인연은 그렇게 막을 내렸다. ✿

꽃집에서
—

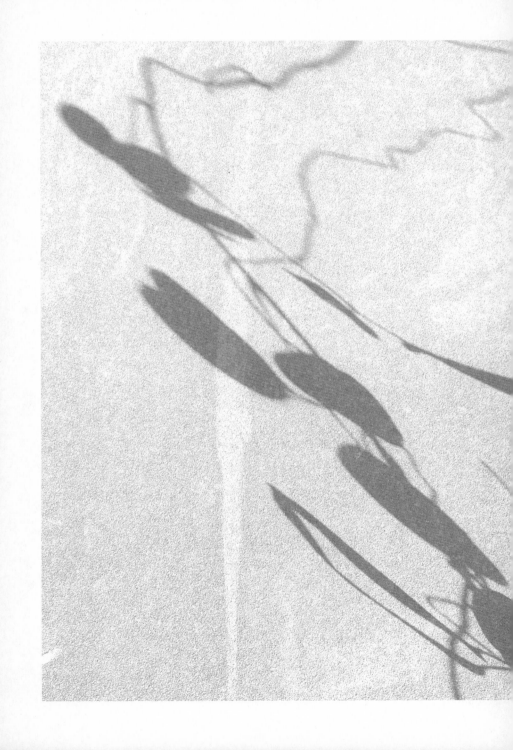

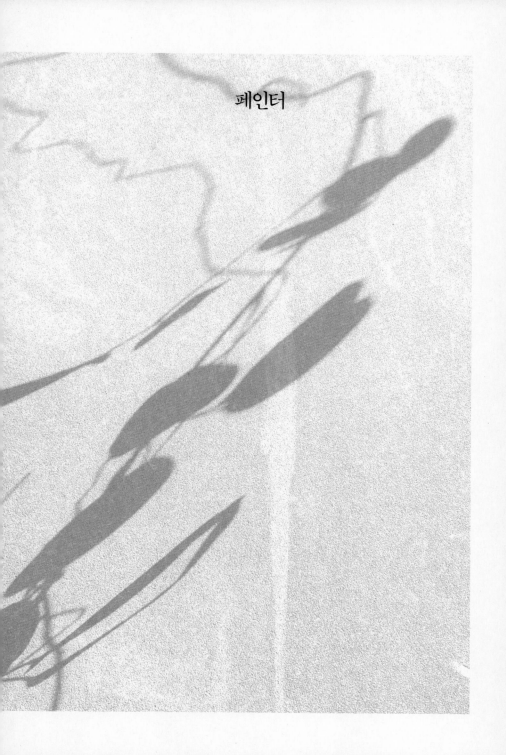

페인터

정말 자유는 자유를 모른다. 자유라는 색깔 위에 흰색을 칠
해버린 까닭이다. 그 흰색을 들추고 보면 자유가 보인다.
붉은 색의 자유, 검은색의 자유가

페인터

눈으로 뒤덮인 빅 베어 레이크 골짜기는 침묵과 정적에 푹 잠겨 있었다. 우리가 서 있는 골짜기의 맞은편으로 펼쳐지고 있는 무채색의 풍경에 말을 잃었다. 하늘과 땅의 경계마저 모두 사라진 것만 같았다.

순간 또 다른 행성으로 추락한 것처럼 사위가 낯설게 느껴지며 불안이 엄습했다. 평소에는 그리도 자주 시야에 걸리던 하이웨이 페트롤조차 지금은 보이지도 않았다. 눈 더미 속에 푹 박힌 차는 고장이 났는지 몇 번이나 엔진을 걸어도 꿈쩍하지 않았다. 또다시 엔진을 걸던 남편이 난감한 얼굴로 나를 돌아보며 물었다.

"어떻게 하지?"

"어쩔 수 없지 않아요? 이런 상황에……페인터라도 불러봐야지."

남편이 체념한 듯 스마트 폰을 꺼내 페인터의 전화를 눌렀다. 페인터는 지체하지 않고 전화를 받았다. 남편이 그에게 우리의 상황을 이야기했다. 산길도 깊은데다 이런 눈길에서 길을 잃으면 위험하기 때문이었다.

"다행이야! 페인터가 곧 우리를 데리러 오겠다고 하는군."

더구나 페인터는 남편에게 우리의 차를 눈더미 속에서 빼내어 고쳐줄 수도 있다며 남편을 안심시켰다는 것이다.

"정말 그래 줄 수 있겠대요?"

"페인터가 자신은 차가 고장날 때마다 스스로 고친다고 하더군."

남편의 얼굴이 환해졌다. 우리는 잔뜩 기대에 부풀어 눈길 위에 서서 떨며 페인터가 올 때까지 한참을 기다렸다.

이윽고 눈에 익은 페인터의 낡은 포드가 덜컹거리며 우리에게 가까이 다가왔다.

"많이 기다리셨지요?"

페인터가 반갑다는 듯 차에서 내려 웃으며 우리에게 다가왔다. 우리를 구하러 와준 페인터가 눈물겹도록 반가웠다. 하지

여기 있어

—

만 우리의 차를 꺼내 주고 손보아 주겠다던 그는 엉뚱한 말을
했다.

"어서 제 차에 오르시지요!"

그의 재촉에 떠밀려 얼떨결에 차에 오른 후에도 그가 빅 베
어 레이크의 집으로 가는 줄 알았다. 그러나 차는 어느새 산
아래를 향해 질주하고 있었다.

"아무래도 속히 부친께 가 보아야겠어요."

그가 말했다.

"예감이 이상해요! 애초에 위독한 부친을 두고 이곳을 오는
게 아니었어요!"

그는 깊이 후해하는 기색이었다.

"사람 생명은 아무도 예측할 수 없는 일이니까요."

우리 부부는 그의 단호한 말 한마디에 항의 한 번 못해보고
서로의 얼굴만 뻔히 바라보았다.

"아무래도 부친이 오늘 밤을 넘기지 못할 것 같은 예감이 들
어요."

차가 출발한 지 얼마 안 있어 그의 핸드폰이 요란하게 울었
다. 부친이 위독하시다는 소식이 전해진 것이 틀림없었다.

그는 갑자기 눈 쌓인 갓길 위에 쳐 박듯 차를 세우더니 운전
대에 고개를 묻고 흐느끼기 시작했다. 그가 훌쩍일 때마다 그

페인터
—

의 초라한 어깨가 덩달아 위아래로 들썩거렸다.

잠시 후 고개를 든 그는 손등으로 얼굴을 아무렇게나 문지른 후 땅이 꺼지게 한숨을 내쉬고는 뒤좌석에 앉아 있는 우리를 벌겋게 충혈된 눈으로 돌아보았다.

미안하다는 말과 양해해 달라는 말과 부친의 임종이 다가왔다는 말이 뒤따랐다.

"죄송하지만 다급해서……."

우리는 불가항력적인 속도로 달리는 차 속에 선택의 여지없이 갇힌 신세가 되어버렸다.

차는 곤두박질치듯 산을 내려왔다. 프리웨이에 진입하고도 차창 밖에서 바람이 심하게 부는지 고물차의 창문이 더욱 세게 덜컹거렸다.

나는 그의 차가 곧 부서져 산산 조각으로 분해될 것만 같아 가슴이 조마조마했다.

"이렇게 될 줄 알았다니까……."

나는 중얼거리며 원망스런 눈길을 남편에게 돌렸다.

페인터와 만나게 된 인연은 남편 때문이었다. 모든 일 처리에 있어서 나와는 생각이 다른 남편이 페인터를 데려왔다.

평소에도 집을 고칠 때마다 남편과 나는 서로 마음이 맞지 않았다. 남편은 되도록 비용을 작게 드리고 싶어 했고 나는 돈이 좀 들더라도 제대로 된 회사와 계약을 맺고 고치자는 의견을 내세우곤 했다.

그런데 이번에도 또 남편이 선수를 쳤다. 나에게는 알리지 않고 빅 베어 레이크의 집 페인트를 한 페인터에게 맡기고 말았다. 내가 그 사실을 전달받았을 땐 계약도 이미 구두로 끝낸 후였다. 나는 이 기막힌 사실에 약이 오르기도 했고 어리둥절하기도 했다.

알고 보니 그 페인터는 남편이 옆집 남자에게서 소개받은 페인터였다. 작년에 빅 베어 레이크의 옆집에서 페인트를 끝냈는데 그때 그 집 페인터와 함께 왔던 수염과 머리를 길게 기른 파트너가 빅 베어 레이크의 풍광에 홀딱 반하고 말았다. 그는 남편에게 이곳을 오니 마치 고향을 찾아온 것 같다며 빅 베어 레이크에 더 머무르고 싶어 했다. 그는 남편에게 혹 우리 집의 페인트할 일이 있으면 자신을 꼭 불러달라고 전화번호를 건네주며 당부했다는 것이었다.

남편은 페인트를 위해 몇 군데 페인트회사와 문의를 해 보았지만 다른 곳보다 그가 제시하는 가격이 월등히 싼데다 그가 하도 돈이 필요하다고 남편에게 조르는 통에 그만 구렁이 담 넘듯 계약을 끝내고 말았다.

페인터

—

"도대체 전문간지 아닌지도 모르며 계약금을 주어버리면 어떻게 해요?"

남편에게 항의해 보았지만 엎질러진 물이었다.

빅 베어 레이크 시는 호수와 스키장, 그리고 맑은 공기와 숲을 모두 갖추고 있는 매력적인 휴양도시였고 우리가 살고 있는 엘에이와도 그리 멀지 않아서 아이들이 어릴 때 구입한 집이었다. 우리는 시간이 날 때마다 머리도 식힐 겸 빅 베어 레이크에 와서 며칠이고 머물다 돌아오곤 했다.

그러나 빅 베어 레이크는 엘에이와는 달리 사계절인 탓에 눈이 오고 비가 오는 날이 잦기 때문인지 집에도 문제가 많이 생겼다. 지붕도 빨리 망가졌고 페인트도 자주 해야 했다. 날씨가 영하로 내려갈 때는 파이프도 혹한을 이겨내지 못하고 여기저기 터지곤 해서 여러 번 갈아 끼웠다. 그래서 겨울에는 아예 파이프의 물을 모두 빼어내고 수돗물까지 잠그고 돌아오는 등 번거로운 일이 많았다.

겨울이 오기 전에 페인트를 마치기 위해 남편과 나는 페인터를 불러 빅 베어 레이크 집의 페인트를 부탁해 놓은 후 홀가분하게 집으로 돌아왔다.

"작년에 그 집 페인트를 잘 끝낸 이의 파트너이니 일은 틀림없을 거야!"

여기 있어

—

나는 미심쩍었지만 남편은 그가 일을 잘 끝내리라고 믿는 눈치였다.

마침 시기가 가을이어서 남편은 그에게 겨울이 오기 전까지는 꼭 페인트 일을 마쳐야 한다고 신신당부를 해 놓았다고 했다. 페인터도 그렇게 하겠다고 남편과 굳게 약속까지 했다는 것이다.

그 후에도 페인터는 가끔 우리 집으로 찾아왔다. 페인트가 모자란다거나 필요한 장비들을 사거나 가져가기 위해 들르곤 했다. 그 때마다 남편은 그에게 과외로 드는 재료비까지 모두 지불했다. 그리고 우리는 몇 주내로 일이 모두 끝나리라고 굳게 믿었다.

얼마 후 우리는 집의 페인트가 어느 정도 끝났는지 확인할 겸 차로 두 시간 이상이 걸리는 빅 베어 레이크 집을 찾았다. 이번 해엔 겨울도 오기 전부터 유난히 빅 베어 레이크의 온도가 급속도로 낮아졌기 때문이었다.

집에 도착하면 페인터를 만나리라고 생각했던 우리의 기대와는 달리 그의 모습은 보이지 않았다. 더구나 페인트는 집 뒤쪽만 조금 했을 뿐 아직 일이 제대로 끝나지 않은 상태였다.

"이게 무슨 일이지?"

"그러게 말에요."

페인터

—

남편이 놀란 나머지 페인터에게 전화를 했다. 그는 어떻게 된 일이냐고 묻는 남편에게 지금 자신의 부친이 위독해 병원을 다녀왔다고 덤덤하게 말했다. 그리고 페인팅을 겨울이 오기 전에는 모두 끝내겠다고 남편을 안심시켰다.

남편은 그때까지도 자신이 선정한 페인터의 말을 믿는 기색이었다. 남편은 추위가 오기 전에 어서 마무리를 해달라고 그에게 몇 번이나 사정했다.

일을 달라고, 돈을 미리 달라고 사정하던 그에게 남편이 일을 어서 끝내달라고 사정을 한 셈이다.

빅 베어 레이크는 겨울이면 날씨를 예측할 수 없었다. 비바람이 몰아칠 때는 사정없이 몰아쳤다. 예고 없이 주먹만한 우박이 내릴 때도 있었다. 아무 때나 지붕이 날아갈 것처럼 폭풍이 몰아쳐 밤새 잠을 설치던 날도 여러 번이었다. 눈이 올 땐 눈으로 온 지붕과 담이 덮였고 그 눈은 겨울 내내 지붕 위에 쌓인 채 녹을 줄 몰랐다. 계속되는 한파로 수도 파이프가 총알이 지나간 자국처럼 터져 나가기도 했다.

남편의 우려는 가시적인 사실이 되었다. 두 주 안에 일을 끝내주겠다던 페인터는 겨울이 왔어도 일을 끝내지 못했다.

이번의 겨울은 우물쭈물 할 새 없이 어느 때보다도 서둘러 빅 베어 레이크를 찾아왔다.

"도대체 어떻게 된 일이지?"

우리는 아침 일찍부터 빅 베어 레이크에 도착한 후 계속 페인터에게 전화를 했다. 열 번이나 더 다이얼을 돌린 후에야 겨우 그와 연락이 닿았다.

전화를 받은 그는 오히려 우리가 전화를 한 일 자체가 잘못된 거라는 듯 무뚝뚝한 어투였다.

"부친이 몹시 위독합니다. 저도 어쩔 수 없었습니다. 위험한 상황입니다. 저는 잠도 못자고 이렇게 몇 주째 밤새도록 부친의 곁을 지키고 있습니다."

거기에 덧붙여 페인터는 한스럽다는 듯 긴 한숨을 내쉬었다.

"아, 그랬군요."

남편은 그에게 무슨 말을 해야 할지 몰라 머뭇거렸다.

"그동안 부친이 힘든 고비를 넘기셨고 돌아가시지는 않을 것 같아 보이니…… 지금이라도 댁으로 가서 일을 마치도록 하겠어요."

페인터는 무뚝뚝하게 말하고 전화를 끊었다.

우리는 오히려 모든 상황이 우리 잘못인 것만 같은 어정쩡한 기분이 되어 서로의 얼굴만 쳐다보았다. 집으로 내려오지

페인터

—

도 못하고 그가 빅 베어 레이크 집으로 올 때만 기다렸다.

이제는 더 이상 그를 믿을 수가 없어 그가 일하는 모습을 눈으로 확인할 작정이었다.

그때부터 남편과 나는 집안을 깨끗이 청소하고 부엌을 치웠다. 가까운 마켓에서 샌드위치 재료와 과일과 밀크 등, 우선 필요한 쇼핑을 하며 그가 도착하기만을 기다렸다. 그는 우리와 통화를 끝낸 후 3시간도 더 걸려 빅 베어 레이크 집에 도착했다.

일을 하는 동안 페인터가 어찌나 차고와 집주변을 어질러 놓는지 빈 페인트 통과 쓰레기들과 바닥에 떨어진 페인트 자국을 치우는 일은 남편의 몫이 되었다. 남편은 허리도 못 펼 지경이었다.

"혹 뗄려다 혹 붙인 격이네!"

남편은 내 말에 자신도 기가 차다는 표정이었다. 일 속에 파묻혀 헤어나지를 못했다. 페인터는 입을 꾹 다문 채 열심히 페인트 일에만 집중했다. 그렇다고 해가 일찍 기우는 산 위에서 마냥 함께 있을 수도 없어서 우리는 일단 집으로 돌아가기로 했다.

우리는 그를 기다리며 청소를 하느라 오전부터 지쳐 있었고 어서 집으로 돌아가 쉬고 싶은 마음뿐이었다.

여기 있어

—

"그래도 일은 열심히 하네!"

나는 벽을 향해 구부정히 엎드려 일하는 페인터의 뒷모습을 보며 중얼거렸다.

"근데 지금 날씨가 추워졌으니 페인트가 제대로 먹어들어가지 않을 텐데……."

남편은 집으로 돌아오며 말끝을 흐렸다.

"맞아요, 제발 페인트가 잘 되어야 할 텐데……."

우리가 첫 번째 길을 돌아 마악 큰 길로 진입할 때는 높다랗게 쌓인 눈이 디투어(detour) 사인판을 가로 막고 있어서 찻길이 아닌 엉뚱한 샛길로 접어들었다. 순식간에 얼어 있던 미끄러운 길 위에서 차가 옆으로 미끄러지며 쌓인 눈 위에 처박히는 불상사가 발생한 것이었다.

페인터의 차는 정신없이 달렸다. 차의 속력이 늦춰졌을 때 우리는 겨우 정신을 차리고 창밖을 내다보았다.

"어머나!!"

길옆에 세워진 사인판을 보고서야 나는 우리 일행이 도착한 곳이 베버리 힐스임을 알게 되었다.

페인터는 여전히 덜컹거리며 베버리 힐스의 한 호화저택 앞에서 차를 세웠다. 사방이 높은 담장으로 둘러싸인 저택이었

페인터
—

다. 페인터는 게이트 옆의 인터폰으로 다가간 후 아주 익숙하게 번호를 눌렀다. 대형 게이트가 스르르 소리 없이 열렸다. 그는 도시 속의 성처럼 우뚝 서 있는 대 저택 안으로 진입했다.

저택의 파킹장에 서둘러 차를 세우는 순간 현관이 열리며 한 남자가 총알처럼 달려나왔다.

"어서 오십시오. 얼마나 기다렸다고요."

그 남자는 페인터를 공손하고도 반갑게 맞아들였다.

"내가 여기 계속 있어야 했는데……."

페인터는 거의 뛰다시피 내린 후 우리를 집사에게 부탁하는 둥 마는 둥 급히 현관 쪽으로 모습을 감추었다. 우리는 집사를 멍하니 바라보았다.

"어서 차에서 내리시지요."

우리는 집사의 공손하지만 단호한 재촉에 벌떡 정신을 차리고 차에서 내렸다. 차가 너무 속력을 내는 바람에 혼이 나가 있었던 것이다. 다리가 후들거렸다.

페인터의 부친이 위독하다는 사실은 알고 있었지만 왜 우리가 베버리 힐스의 대 저택 안으로 입성했는지 어리둥절했다.

넓은 잔디가 잘 가꾸어지고 적당히 전지된 가드니아 나무에 하얀 꽃이 향기를 뿜고 있었다. 가드니아 나무와 나란히 울타리를 이룬 하얀 자스민 나무와 곧은 가지들이 쭉쭉 뻗은 자작나무가 오후의 그림자를 길게 늘어뜨리며 서 있었다.

품격을 갖춘 바닥의 고급스런 타일의 그림들, 웅장한 규모와 깔끔하고 잘 정리된 나머지 위엄마저 갖춘 코트 야드를 지나 집사를 따라 들어간 현관 앞에는 여기 저기 분수가 치솟고 있었다. 현대적 조형물인 분수는 한 없이 크고 웅장해서 내 정신을 또 한 번 흔들어 놓았다.

현관과 리빙룸의 구조와 저택의 내부는 마치 라스베가스의 벨라지오 호텔 라운지처럼 어마어마하니 넓어 비현실적으로 느껴졌다.

"저는 짐이라고 합니다."

예절바른 집사는 우리를 안내하며 지금 매니저 겸 비서가 벤의 부친을 돌보고 있으며 자신은 집사 겸 이 저택의 관리인이라고 소개했다. 그의 부인과 늦둥이 딸은 모두 저택 입구의 대형 그라지에 딸린 이층의 살림집에서 살고 있다고 했다.

우리가 보기엔 그의 거처도 메이드 유닛도 화려하고 웅장해보였다. 거기에 그 집에서는 살고 있는 이들은 자신의 가족과 리브 인 메이드와 정원사와 핸디 맨 들을 모두 다 합치면 열 명도 넘었다.

메이드 유닛은 대 저택과 지하로 연결되어 있어서 필요시엔 집과 부엌을 수시로 드나들며 일한다고 했다.

페인터

—

우리는 본채에 딸린 에스컬레이터를 타고 지하실로 내려갔다. 지하실에도 게스트 룸이 있었고, 게스트 리빙룸 겸 대형 라운지도 있었다. 우리는 그 속의 리빙룸을 지나 매니저 유닛까지 갔다가 다시 본채의 리빙룸으로 안내되었다.

본채의 복도를 지날 때마다 리빙룸과 복도에 전시장처럼 걸려있는 미술품들과 설치되어 있는 조각품들이 보였다. 그뿐만이 아니었다. 게스트 유닛의 복도는 모두 유리로 되어 있어 아래층 천정이 모두 드러나는 구조여서 현대적 구조물에 익숙지 않은 우리 부부는 여간 불안한 게 아니었다. 게스트 유닛엔 방이 적어도 열 개는 넘는 것 같았다. 수 없는 문을 지나야 했다.

남편은 혼이 나간 듯 사방을 두리번거리며 나에게 벽에 걸린 그림들이 모두 심상치 않다고 속삭였다. 하기야 복도의 코너가 나올 때마다 전시된 헨리 무어의 조각품들은 나에게도 낯익은 작품들이었다.

"방금 전 우리가 지나 온 작품은 피카소 작품이야!"

남편이 재빨리 속삭였다.

'설마!'

나에게도 그림들이 심상치 않았다. 모조품 같지는 않았다.

남편은 피카소에 이어 계속 샤갈과 미로와 그리고 내가 좋아하는 화가들의 이름들을 속삭였다. 하지만 그 때까지도 나는 속으로 이곳이 뮤지엄이 아닌 이상 남편이 모조품을 보았는지도 모른다는 생각이 들었다.

남편이 페인터 때문에 하도 속을 썩인 나머지 그리고 우리의 차가 이상한 곳에서 말썽을 일으킨 다급했던 상황에 제 정신이 아니라는 생각도 들었다.

남편은 이제 그림을 지날 때마다 잠시 그림을 감상하기 위해 그림 앞에서 머뭇거렸고 집사도 그런 남편을 기다리며 그림 감상을 허용해주었다. 남편은 고개를 까웃거리다 더 이상 참지 못하고 소리를 죽이며 매니저에게 물었다.

"아무래도…… 제 눈엔…… 이 모든 그림들이…… 진품으로 보이는데요."

남편의 물음에 매니저는 미소를 지으며 고개를 끄덕였다. 과연 그 어마어마한 미술품들은 모두 진품이었다. 매니저는 우리에게 그림들 앞으로 너무 가까이 가거나 손을 대지 말라고 했다. 저택에는 cctv와 경보 시스템이 되어 있다는 것이었다. 그 때부터 남편은 긴장한 나머지 딱하게도 식은땀을 흘렸다.

잠시 후 남편이 또 주위를 두리번거렸다. 남편은 긴장만 하면 화장실을 가는 버릇이 있었다.

"화장실은 어딥니까?"

페인터
—

다급해진 남편이 더 이상 참지 못하고 집사에게 물었다. 집사는 남편에게 따라 오라고 하며 앞장을 섰다. 순식간에 두 남자는 내 앞에서 사라졌다. 혼자 남은 나는 하는 수 없이 복도에 놓아둔 긴 나무 의자 위에 털썩 주저앉았다. 갑자기 긴장이 풀리며 피곤이 몰려왔고 온 몸이 쑤시기 시작했다.

한참 기다려도 남편과 집사가 나타나지 않자 나는 그림을 보기 위해 의자에서 일어나 복도를 지났다. 저만치 화장실 사인이 보였다. 집사는 그새 어디를 갔는지 보이지 않았다. 의사와 변호사가 와 있다는 환자의 병실로 급히 돌아갔는지도 모를 일이었다.

화장실 앞에도 여인의 트로소와 유명한 조각 작품으로 보이는 기다리는 사람의 조각이 앉혀진 철물의자가 네 대나 나란히 놓여 있었다. 나는 그 의자 앞에 서서 남편이 나오기만을 기다렸다. 남편이 화장실 문을 열고 나왔다. 나는 남편에게 기다리라고 말하고는 화장실로 들어갔다.

화장실 안은 생각보다 넓었다. 꽃장식이 놓아진 조그만 테이블을 지나 싱크대로 가서 손을 씻고서야 겨우 정신이 맑아졌다.

빅토리아 시대의 골동품 비누통과 프랑스 남부 도시 연안의 올리브기름에 천연소다와 바닷물을 이용해 만들었다는 거무

튀튀한 정통 마르세유 블랙 솝의 감촉은 투박하면서도 단아했고 두툼하고 부드럽고 향긋한 하얀 타올의 감촉은 고향에 온 듯 아늑했다. 화장실만 해도 그곳에 비치해야하는 소모품들의 비용만 해도 엄청난 숫자일 터였다.

잠시 어디론가 사라졌던 집사가 다시 우리 부부 앞에 나타났다. 집사는 우버가 와서 우리를 집으로 데려다 줄 거라고 귀띔해 주었다. 우리는 그제서야 안도의 한숨을 내쉬었다. 집사가 우버가 오기 전 우리에게 커피를 대접한다며 메이드 유닛 라운지 옆 부엌으로 데려갔다.

집사가 부엌의 하얀 벽 위의 버튼을 누르자 기다렸다는 듯 벽이 열리며 벽 속에서 커피 컵이 톡 튀어나오고 컵 안으로 커피가 주르르 따라졌다. 집사가 커피 잔을 우리에게 건네주었다. 벽은 다시 원래대로 닫혔고 조그만 버튼만 남았다.

"이 커피는 이 댁에서 매번 파리에서 주문해 오는 커피지요."

집사가 말해주었다.

나는 집으로 돌아오며 남편에게 푸념하듯 말했다.

"세상에! 그런 집도 있었군요. 도대체 어떻게 된 일이지요."

평소에 모르던 세계를 본 우리는 집으로 돌아온 후에도 가끔 그 날의 이야기를 나누곤 했다.

페인터 벤의 부친은 유명한 변호사이고, 큰 손 투자가고, 막

페인터
—

대한 재산을 모은 자산가였다.

"벤이 그 집의 유일한 상속인이라는군."

벤은 대학을 가기 위해 집을 떠난 후부터는 늘 독자적으로 살아왔다는 것이다.

"부자집 아들이지만 과시욕도 없고 소박하군요."

"사람들이 모방본능에 사로잡혀 가격 높은 물건만을 선호한다지 않아. 그 베블린 효과를 더 부추킨다…… 속물들과는 정말 다르군."

"맞아! 부자지만 부자와는 담을 쌓고 사는 사람이군요."

"……."

"어떻게 그럴 수 있을까요? 저였다면 부를 누릴 궁리나 하면서 이 세상에서 첫 번째 가는 속물이 되어 있었을 텐데……."

"정말 자유인이야!"

"부친의 재산이라면 차 한 대도 소유하지 않았다지 않아요?"

페인터는 늘 자유롭게 자신의 방식대로 세상을 살고 싶어했다. 아마도 낡은 세상을 지워내고 그 위에 자신이 원하는 새 세상의 페인트를 칠하기 위해 살고 있었는지도 모른다

"당신, 그 집 화장실 생각나지요?"

여기 있어

—

"물론, 그런데 화장실 벽 위에 걸린 대형 현대 화가의 추상화 역시 압권이더군!"

"정말, 벤이 이제는 그만 우리를 놀라게 해 줬으면 좋겠군요."

이제 계절은 겨울이 깊어 추웠고 눈이나 비까지 오는 상황이어서 더 이상 페인트를 할 수도 없었다. 남편은 페인터가 봄이 오고 날씨가 좋아지면 페인트 일을 제대로 끝내줄 것을 믿었다.

벤의 부친은 세상을 떠나기 전에 벤에게 유언을 남겼다. 벤은 부친의 재를 모시고 부친의 유언대로 가장 평화로운 언덕의 묘지를 찾기 위해 여기저기 골짜기를 헤매 다니는 중이라고 했다. ✦

페인터

—

정서情緒의 이름으로

깊고 넓은 정서의 다락방은 마음의 방이다. 마음의 방에 미
움, 사랑의 방이 있다. 사랑의 방에 부활나무가 자란다

정서情緒의 이름으로

　너는 내가 어디 있는 줄 몰랐다. 어릴 때 술래잡기를 할 때부터였다. 나는 다락방으로 올라가 숨곤 했는데 너는 늘 나를 집 밖에서만 찾아다녔다.

　나는 골목 어귀를 향해 내달으며 멀어져만 가는 너를 다락방의 길을 향해 조그맣게 나 있는 여닫이 창문으로 내다보며 어서 이리로 돌아오라고 탄식 아닌 탄식을 해야 했다. 네가 나를 찾으러 다락방으로 올라와 준다면 나는 술래잡기 놀이를 위해 숨어들 곳이 많았다. 다락방은 작았지만 걸어 놓은 옷가지들과 책과 잡지, 안 쓰는 가구와 기다란 커튼 등 잡다한 살림살이들이 많았기 때문이었다.

기둥 뒤에 숨어 술래가 가까이 오는 발소리를 들을 때 가슴 조이며 숨죽이는 순간의 가슴 뜀과 조바심, 술래가 나를 비껴 갈 때의 안도감이나 희열감 따위, 그런 술래잡기의 재미가 모두 어디론가 달아나고 있음을 예감하며 나는 너에 대해 생각했다. 네가 나에 대해 그토록 모르는 데 대한 탄식이 절로 튀어 나왔다. 내가 집을 놓아두고 어디 다른 곳을 헤매는 일이 가당키나 하냐 말이다.

늘 그런 식이었다. 넌 계속 저 언덕 아래로 뛰어내려가고만 있었다. 멀리, 더 멀리. 그렇게 나에게서 멀어져 갔다. 점점 더 작아져만 가는 그러다 이윽고 작은 점선이 되어 사라져 가던 너의 뒷모습은 아직껏 나의 기억 속에 남아 있다.

세월이 흐르는 동안 넌 나에게 편지를 쓸 때면 늘 편지의 말미에 꼭 기도 중에 만나자고 했다. 나는 아직도 그 말의 뜻을 이해할 수가 없다. 그 말은 내 속을 답답하게 하는 석연치 않은 구석이 있었다.

너는 도무지 내가 기도를 하는지 안 하는지 어떻게 안단 말인가? 기도를 안 하면 우리는 서로 영영 만날 수 없다는 말인가? 네가 한 그 말의 섭섭함은 나의 마음을 상하게 했다. 어떻게 우리 사이에 그런 전재를 단단 말인가?

한때 난 두 아이를 키우기 위해 정신없이 살고 있었지. 직장

을 다니며 간간히 일도 해야 했다. 하루는 짧았고 아이들은 속
수무책으로 손이 많이 갔다. 나의 몸을 돌 볼 새도 없었고 밤
이면 눈이 저절로 감겼다. 몸과 마음이 한껏 지쳐 있었다.

불행의 기미가 저녁 땅거미처럼 내 삶 속으로 서서히 파고
들었다. 그간 내가 살아온 경험에 의하면 불행의 예감이란 늘
적중하게 마련이었다. 불행에서 벗어나는 지름길이란 없었다.

나의 삶이 서서히 방향을 돌려 엉뚱하고 이상한 곳을 향해
우회하는 운명 속에 있었다. 너는 그런 나에게 아무리 바빠도
기도를 해야 한다고 그를 위해 조그만 틈이라도 내어야 한다
고 주장했다.

너는 또 편지에 늘 절대자를 향해 나의 영육을 위해 기도를
하고 있다고 했다. 너의 편지 내용은 도래하는 불행이 모두 나
의 불찰 때문인 것 같았다. 나에게 씌워지는 책임이 꼭 무거운
쇳덩이를 든 것같이 나를 짓눌렀다. 너는 늘 나의 신앙과 영혼
의 상태가 걱정이라고 했다.

세상 사람들과 조금도 다름없이 나를 대하는, 알고 보면 한
없이 객관적이고 냉랭하고 딱딱한 비판이 섞인 너의 그런 말
투는 나에게 조금의 위로도 도움도 되지 않는 부담의 부메랑
이 되어 되돌아왔다.

정서의 이름으로

—

너의 편지는 늘 나의 죄의식을 부추겼다. 오빠가 교통사고로 세상을 떴을 때 역시 죄의식이 맨 먼저 기다렸다는 듯 나를 엄습했다. 나의 기도 부족으로 이런 일이 일어난 것만 같았다.

사랑하는 이들의 부고는 나에게 일종의 분노를 몰아왔다. 나는 그 모든 부고를 이해하거나 인정할 수 없었다. 오빠의 부고 역시 그랬다. 오빠는 얼마나 귀한 존재였던가?

아버지는 사대째 독자였고 오빠는 오대째 독자였다. 오빠는 엄마가 자신의 목숨보다 더 아끼던 금쪽 같은 존재였다. 그래도 나는 기도와 사고가 무관하다는 생각에는 변함이 없다.

오빠가 이승을 뜬 후 일 년 만에 엄마의 부고 소식이 뒤따라왔다. 밀려드는 슬픔 때문에 숨이 막혔다. 나는 성당으로 뛰어갔다. 마침 성당의 문은 열려 있었다. 기도보다 속수무책으로 눈물이 쏟아졌다.

이런 순간이 결국 오고 말다니⋯⋯엄마와 내가 생사로 단절될 수가 있다니⋯⋯ 이해할 수가 없었다. 어처구니가 없었다. 이건 도저히 있을 수 없는 일이었다.

누군가 가만히 나의 어깨를 두드렸다. 고개를 들고 보니 한 노인의 실루엣이 보였다. 그는 나에게 왜 우느냐고 물었다. 내 옆에서 무릎을 꿇고 기도하던 그에게 아마도 나의 흐느낌 소리가 전해졌던 모양이다. 나는 너무도 미안한 나머지 고개를

여기 있어

—

푹 숙이고 최대한 소리를 죽이려고 입을 손으로 막았다. 그가
나에게 왜 우느냐고 다시 물었다.

"엄마가 돌아가셨어요!"

그가 고개를 끄덕이며 십자가상을 향해 단정히 고개를 들었
다. 그러고 보니 성당 안은 너무도 조용해 검은 수단이 출렁이
고 옷깃이 스치는 소리까지도 크게 들려왔다. 나는 그의 기도
소리를 들었다.

"오늘, 지금 내 옆에 앉아 슬픔에 잠겨 울고 있는 이 젊은이
의 어머니가 세상을 떠났다고 하는군요. 전 이 젊은이가 누군
지는 모르지만 제발 젊은이의 어머니의 영혼과 젊은이의 영혼
을 돌봐 주소서!"

그의 음성은 점점 더 작아지며 속삭임으로 변해 그 다음부
터는 그의 기도의 내용을 더 이상 해독할 수가 없었다.

이상하게도 나의 슬픔이 잦아들며 마음이 편안해지는 느낌
을 받았다. 한참 더 자리에 앉아있다 옆을 보았다. 그의 모습
이 보이지 않았다.

얼마 후 주일 미사에 갔다가 사제관에 계시던 노인 신부님
의 별세 소식을 접하게 되었다. 바로 내가 만났었던 그분이었
다. 나를 위해 기도하고 나를 위로해 주시던 먼발치에서만 보
아왔던 그 노인 신부님이셨다. 그는 자신이 죽어가는 순간까

정서의 이름으로
—

097

지 나를 위로해 주었고 나를 위해 기도해 주셨던 셈이다.

아이들은 걸핏하면 병이 났고 열이 펄펄 끓었다. 내 마음에서 열이 끓었다. 나는 아이의 이마에 손을 가져가며 제발 아이를 살려달라고 기도했다. 신음처럼 자신도 모르게 터져 나오는 기도였다. 절규였다.

인간은 단지 인간적인 방법으로만 사물을 이해하려고 하는 속성을 가지고 있다. 인간은 그저 자신이 무언가 다 알고 있다는 착각에 빠져 있다.

너의 기도 역시 당연히 천국을 가기 위한 지름길이었고 하기에 막연한 기도였고, 나의 기도는 이 순간에 관한 구체적이고도 현실적인 절규였다.

'아이를 살려달라고 제발 열을 내려 달라고!'

너의 천국은 휘황찬란했다. 빛으로 감싸인 하느님과 금은보화가 번쩍이고, 하얀 날개를 단 천사들이 이리저리 날아다니고, 오만가지 이름 모를 꽃이 피어 있고, 원하는 모든 좋은 물건들이 켜켜이 쌓여 있고. 종일 천사들의 아름다운 노래 소리가 들리는 곳이었다.

아마도 그곳에서 만나는 이들도 모두 빳빳하게 다려진 흰 옥양목처럼 순결하고 미인도에서나 보게 되는 그런 절세미인

선남선녀였으리라.

휘황찬란한 빛은 열 개 쯤 켜져 있는 대형 샹델리아의 불빛과 같은 광도를 가졌는지도 몰랐다. 그런 식의 천국의 도면은 어느 대도시에서나 불 수 있는 상가의 형태를 띠고 있거나 어느 재벌의 자택을 본 뜬 것도 같았다.

파리의 고급 상가거나 아님, 로데오드라이브의 쇼윈도를 들여다 보면 쉬 만나게 되는 일종의 풍속도 같은 곳. 생각만해도 현란하고 산만해서 머릿속이 지끈거리는 곳이다.

물론, 너의 지옥도 역시 다를 바 없었다. 그곳은 상당히 중세적인 색체를 띠고 있었고 단테의 신곡에 묘사된 지옥도와 흡사했다.

상상도 좋지만 왜 군이 인간을 피치 못할 한계 속으로 그것도 말도 안 되는 상황 속으로 몰아놓는 그런 상상을 해야만 하는가?

상상이란 늘 무한대의 우주처럼 구체적이지 않은 인간의 생각 너머 그 어떤 무한대에 속한 것이라는 나의 생각에는 단지 그런 구체적이고 인간적이고 가시적 상상들이 우매한 인간의 정신을 일깨우기 위한 판에 박은 도덕서나 윤리서 따위로만 느껴졌다.

어릴 때 너는 우리가 죽으면 모두 연옥으로 가게 된다고 했다. 내가 좋아하는 이들도 모두 그곳으로 가게 된다니 나는 이해가 되지 않았다. 내가 천사라고 생각하는 이들도 모두 잘 털어보면 티끌만한 죄라도 있을 거라고 그래서 그 영혼을 위해 기도를 해야 한다고 하며 모든 이들을 죄인으로 몰고 갔는데 그런 점 역시 나의 마음에 들지 않았다.

그건 우선 세상의 모든 이들을 의심한다는 뜻이 아닌가?

마치 장발 잔을 의심한 나머지 그의 뒤를 평생 따라다니는 그러다 자괴감 혹은 스스로의 괴리에 빠져 자살로 희생양이 되어버리는 자베르 경감처럼. 인간의 실수의 띠끌 하나까지 의심하며 죄인 다루듯 심문하는 형사와 다를 바가 없었다.

어린 시절부터 네가 천국을 묘사할 때마다 가슴이 답답해 졌다. 한 순간 너의 천국이 나의 천국의 벽을 턱 가로막아버렸다.

아주 어린 시절부터 나는 네가 묘사하는 천국이 너무나 실망스럽고 초라해서 울었다. 그렇다고 내가 생각하는 천국이 대단하다는 건 아니었다.

나는 그저 엄마의 품 속 같은 아늑하고 고요와 적요에 쌓인 그런 막연한 정감이 깃든 느낌만을 가지고 있었다. 그러나 그 안에 많은 가능성을 지닌 사후의 세계. 아님, 그저 한 없이 지속되는 무색계 정도였다.

아무리 나의 천국이 초라해도 나는 너의 천국으로 가고 싶지 않았다.

사후의 세계를 미리 생각할 필요는 없다. 사후의 모든 것은 인간의 상상 너머에 있어야 하는 일이니까……

기도만 해도 누구에게나 아무도 개입하지 않아야 할 자신만의 기도가 있는 법이다.

"나는 여기 있어! 난 그냥 우리 집 다락방으로 숨어들었던 거야! 아무 곳으로도 가고 싶지 않았어! 왠지 이곳이 좋았어. 소박하고 고요하고 그저 나를 받아주는 곳. 언제나 찾아가 머물고 싶은 곳이었으니까. 난 멀리 떠나고 싶지 않았어. 내 몸은 아무리 멀리 떠나 설혹 우주의 미지의 공간을 헤매더라도 나는 그저 나 일 뿐이니까."

그 뒤로 너는 한 번도 나에게 되돌아 온 적이 없었다. 살아갈수록 너의 뒷모습은 나에게서 점점 더 멀어져만 갔다.

너의 뒷모습을 바라보며 나는 동네 아이들보다 더 나를 더디게 찾는 나의 어린 친구인 너의 뒷모습을 향해 외치고 싶은 충동을 여러 번 참아왔듯이 끝내는 그런 말조차 한 번도 입 밖에 내보지 않은 채 우리의 술래잡기 놀이의 시대를 끝내고 말았다.

모든 개별자들의 믿는 방법과 생각에 따라 그 믿음이 각자다 다르다는 생각에는 변함이 없다. 난 단지 종교란 이름으로 너

정서의 이름으로

—

무나 많이 침해받고 있는 세상에 동조하고 싶지 않을 뿐이다.

　세상은 종교적인 이유로 세상적인 논쟁을 벌이고 분쟁하며 서로 죽이고 대량 살상도 마다하지 않고 심지어 전쟁까지도 불사한다.

　지금 이 순간에도 죄 없는 이들이 단말마의 비명을 지르며 공포에 떨며 죽어가고 있다. 나는 그런 어리석은 종교적 침해를 받고 싶지 않은 것뿐이다. 종교란 사랑과 끝 간 곳 모르는 한없는 평화를 전제로 해야 한다고.

　하기야(인간들 자체가 숭고하지 않는데…… 도전적이고 비판적이고 질투에 차있고 질적으로 낮은데 어찌 인간적이지 않은 상황을 기대할 수 있겠는가?) 사람들은 흔히 타 종교에 대해 차별적이고 비판적이고 적대적이다. 마치 정치인들과 같다. 자신의 정당이 옳다고 주장하는……정치인들처럼. 나는 그런 인식에서 벗어나고 싶을 뿐이다.

　너와 내가 서로 생각이 다른 사실은 그리 큰 문제는 아니다. 그러나 문제는 네가 나에 대해 일방적인 이해를 하기 때문이다.

　너는 나를 본질적으로 이해하기보다는 너의 세상적인 경험으로서만 나를 이해했다. 우리의 슬픔은 같았지만 네가 우는 이유는 내가 우는 이유와는 본질적으로 아주 달랐다.

　너는 모를 것이다. 하지만 우리의 슬픔도 그 종류가 다르고 우리의 그리움의 대상도 달랐고 그 의미도 아주 달랐다. 그러나 너는 늘 자기 방식대로 나를 속단했다. 한 번도 떠난 적 없는, 다락방에 숨어있는 나를 제멋대로 밖에서 찾는 식으로 말이다.

네가 끝없이 언덕 아래로 뛰어 내려가버린 이 후, 네가 나를 떠난 이후 가속하는 세월을 따라 우리는 서로 더 멀리 떨어지고만 있었다. 마치 빅뱅 이후 급속도로 팽창하고 있는 우주처럼…….

우리는 이제 서로 다른 곳을 헤매고 있는 완전한 타인이 되었다. 나는 아직도 한 번도 떠난 적이 없는데 나는 늘 술래잡기를 했던 시절처럼 다락방에만 머물러 있었는데…….

다락방엔 모든 추억들이 널려 있었다. 기억이 먼지의 미립자처럼 떠돌고 있는 곳. 외면으로는 선뜻 드러나지 않는 고요함과 침묵이 알 수 없는 또 하나의 내면의 세계로 자리잡는 곳. 그 적요 속에 언제까지고 머물러 있다 보면 여기 저기 지나간 오래된 사물이 보였다. 커다란 괘종시계 안에서 멈춰버린 시간이 시간의 흔적 속에서 살아나와 재깍재깍 소리를 내기 시작했다.

세상을 떠난 이들이 생시인 것처럼 돌아와 삶 속에서 평소의 모습대로 평소에 하던 자신의 일을 하며 행복하고 자유롭

정서의 이름으로
—

103

게 소일하고 있었다.

아름다운 소녀였던 이모는 쨍쨍한 햇볕 아래로 나와 너울대는 빨래줄 앞에 멈춰 섰다. 이모는 하얀 옥양목 빨래를 널며 노래를 부르고 있었다. 아직 양로병원으로 가기 훨씬 전 젊은 이모였다. 이모의 모습은 슈베르트의 '겨울 나그네'의 한 소절을 부르며 빨래를 널고 있는 모습으로 내 기억 속에 고정되어 있었다. 이모의 두 뺨은 분홍빛으로 물들어 있었고 바람에 날리는 치맛자락 사이로 이모의 기다랗고 하얀 두 다리가 드러났다.

고령으로 낙상을 하고 골절이 되어 말썽을 피우던 고관절도 몸 여기저기에 피어난 검버섯도 늘어진 주름도 모두 말짱했다. 이모는 자신의 전성기로 되돌아와 있었다.

버려진 바느질함이 열리며 가늘고 기다란 바늘이 반짝였다. 나는 친할머니의 부탁으로 눈이 보이지 않고 몸이 불편한 할머니를 위해 바늘귀에 실을 끼어 드리곤 했다. 할머니는 저 세상으로 떠났지만 실을 끼어 드릴 때마다 흐뭇한 미소를 짓던 인자한 표정으로 나에게 되돌아왔다. 그리고 그 때마다 그리움이 가슴속으로 파고들었다.

미국의 방문 길 프리웨이에서 불의의 교통사고를 당해 세상을 뜬 오빠도 어느 새 슬며시 어린 사내아이로 돌아와 내 옆에

여기 있어

—

서 장난을 치고 있었다.

내가 다섯 살이었을 때의 우리 집 풍경 속으로 되돌아와 있었다. 뒤뜰의 닭장에선 여전히 닭들이 파드득대며 놀고 있었고 간간히 ·꼬꼬댁거리며 우는 소리도 들려왔다. 오빠와 나는 닭장으로 뛰어가 따끈따끈한 하얀 계란을 두 손으로 만져보고 있었다. 따뜻한 계란의 감촉이 아늑하게 느껴졌다.

노란 병아리들이 우리의 발치에서 우왕좌왕했다. 나는 병아리의 노란 털을 쓰다듬기 위해 병아리에게 가만히 다가간다. 병아리의 가장 보드라운 감촉을 경험한다. 그것은 세상에서 가장 보드라운 감촉이었다.

이모의 손을 잡고 손님을 맞으러 기차역을 찾는다. 기다랗고 까만 기차가 하얀 연기를 뿜어낸다. 기차가 덜컹이며 달려와 우리 앞에 서면 우리는 반가운 이들을 만날 기대에 한껏 부푼다. 이윽고 친척 아저씨가 커다랗고 낡은 가죽 트렁크를 들고 싱글벙글 웃으며 우리에게 다가온다. 우리는 반가워 어쩔 줄을 모르고 그를 향해 뛰어간다.

저녁 식탁에 은수저를 놓는다. 손님이 오는 날은 그 수효가 점점 더 늘어난다.

부엌의 커다란 가마솥에서 국이 끓고 있다. 집에서 종일 음식 냄새가 가시지 않는다. 아랫목은 언제나 뜨거웠고 처마 위

정서의 이름으로
—

105

엔 소복이 소리 없이 부드러운 흰 눈이 쌓이고 있다.

손님들이 집으로 들어올 때마다 반가운 말소리가 들려온다. 어디선가 이중주나 삼중주 혹은 사중주로 된 음악소리가 들려온다. 너무 크지도 작지도 않은 어린 시절의 우리 집 축음기에서 흘러나오는 소리였다.

사람이 사람을 반기는 정겨운 시간이 음악처럼 화음을 이루며 거침없이 흐르고 있다.

아무 후해도 회한도 없이 거침없이 흘러가던 강물 같은 시간이었다.

한 번도 어디론가 떠난 적이 없는 나는 늘 나에만 머물러 있었다. 한 번도 누군가가 되어 본 적이 없었다. 나는 나라는 확고한 성을 가지고 있었다. 나는 동네 아이들과 놀 때 그것을 깨달았다. 내가 나일 수밖에 없는 사실을.

꿈을 꾸면 나는 그 나만의 성으로 돌아가 있었고. 모든 나를 떠난 이들도 그곳으로 돌아와 마치 생시인 것처럼 활기를 띠고 있는 그리운 시간이 계속되는 것이다.

한 번 만난 이후로는 아무도 나를 떠나지 않는 곳. 그곳은 그런 곳이었다.

꿈을 꾸면 너 역시 우리가 술래잡기를 시작하기 이전으로 되돌아왔다. 술래가 되기 이전으로 되돌아왔다. ✤

여기 있어
—

안마사

안다는 것, 허상일까 진상일까? 그 답은 누구도 모른다. 신
의 답을 알면 사람이 아니다. 사람은 사람이 되기 위하여
눈이 먼다

안마사

우리는 그를 잘 알았다.

　세상을 살 만큼 살아왔고 나름 전문직에 종사하고 있는 이들이 대부분인, 선량한 중산층들의 모임에 난데없이 강이란 자가 나타났다.

　강이 맨 처음 우리들 앞에 나타난 것은 어떤 인정 많은 크리스천 중년남자 때문이었다. 알고 보니 그는 그 중년남자가 나가던 교회에 뜬금없이 나타났던 인물이었다.

　교회란 곳이 원래 신앙인들의 공동체인 만큼 신앙인이라는 표면상의 조건 안에 든다면 누구나 우후죽순으로 모여들 수 있는 장소이다. 그리고 교회의 입장에서는 모든 이들을 선의로 평등하고도 격의 없이 받아들여야만 하는 곳이다. 따라서 교회에서는 살기에 지친 듯 무표정했던 강 역시 이렇다 할 판단 기준이나 아무런 경계도 사심도 없이 선의로 대해 주었다.

그 교회에는 신자들과 사회단체와 정부기관의 도움으로 운영하고 있는 홈리스 프로그램이 있다고 했다. 그것은 교회 주변의 홈리스들에게 아침을 제공해 주고 생필품들을 나누어 주는 프로그램이었다.

강은 흰색 리넨 셔츠를 입고 유난히 반짝이는 검은 가죽구두를 신은 단정한 차림새로 매일 빠짐없이 그 교회에서 운영하고 있는 홈리스 프로그램을 찾아와 아침을 얻어먹던 단골 홈리스였다. 교회에서는 무료 아침식사를 제공했을 뿐만 아니라 생필품들을 나누어주기도 했다. 강도 아침식사를 먹는 일 말고도 교회에서 무상으로 내어주는 비누나 치약 버터와 치즈 등, 생필품까지 빠짐없이 얻어 가곤 했다.

강에 대한 들려오는 이야기는 이랬다. 무슨 이유인지는 몰라도 강은 중년이 지나도록 외로운 홀몸이었다. 강은 교회의 새벽 예배부터 시작해 모든 예배에 빠짐없이 참석했다. 예배가 끝난 후면 하루 종일 교회 안을 먼지 하나 없이 깨끗이 청소해 놓았다. 그 외에도 성가대는 물론 교회의 모든 봉사활동

프로그램과 이벤트에 열심히 참석했다. 그냥 교회의 이벤트에 참석했을 뿐만이 아니라 장례식이 있거나 교회에 무슨 일이 생길 때마다 그 일들을 도맡아서 했다. 장례식이 있을 때면 몸소 장지까지 따라가 엄숙히 기도를 할 뿐만이 아니라 가족들보다 슬프게 우는 이가 강이었다고 했다.

노숙자 프로그램을 운영하고는 있지만 정작 그런 일들을 추진하기 위한 자원 봉사자들의 수나 일손이 턱 없이 모자라는 상황이었던 그 교회에서는 목사님은 물론 신도들까지도 교회의 일이라면 언제든지 적극적으로 봉사를 하던 그를 늘 환영해 마지않았다. 오히려 매번 강의 도움이 필요했을 정도였다.

봉사자들이 모자라면 일용직이라도 써야만 하는 긴급한 상황에서 그토록 도움이 되는 존재인 그를 마다할 이유가 없었다. 오히려 교회의 일에 성실하게 참여해 막일꾼처럼 궂은일을 도맡아서 하는 그에 대해 모두들 좋은 인상을 갖게 되었고 감동하고 있었고 마음속으로 의지를 하게 되었다.

강은 차츰 교회 사람들과도 밀접하게 친분을 쌓기 시작했다. 중년이 넘었지만 등치도 키도 훤칠하게 컸고 얼굴도 웬만한 배우를 뺨칠 만큼 잘 생긴 강에게 교회 사람들은 호감을 갖기 시작했다.

그때부터 교회를 처음 찾아온 이들이 땅딸한 외모의 목사님

안마사

—

111

을 젖히고 오히려 외모가 **빼어난** 강이 목사인줄 알고 강에게 로 가서 공손하게 인사를 하는 일도 자주 벌어졌다. 그 만큼 그는 교회에서 많은 시간을 보냈고 없어서는 안 될 중요한 인 사가 되어 갔다.

진실의 여부는 알 수 없었지만 강은 늘 자신이 이혼남이라 고 했다. 이혼한 아내는 한국으로 돌아가서 자신은 이제 온전 히 홀몸이라고도 털어 놓았다.

자연히 강은 그 교회에서 혼자 사는 여자 신도들의 관심을 받게 되었음은 물론이다. 그 무렵 교회의 여인들 중 제법 비즈 니스에 성공했고 인물도 반반한 여인들과 데이트도 하는 눈치 였다.

하루는 교회에서 등산 겸 야유회를 갔다. 한 여인이 산을 오 르다 굴러 다리를 다치는 황당한 상황이 벌어졌다. 다친 여인 이 아파서 울먹이는 난처하고 다급한 상황에서 강이 모두의 앞으로 나섰다.

"제가 저 분의 다리를 치료하면 원래의 정상으로 돌아올 수 있습니다."

"그럼 어서 부탁드립니다."

교회 사람들은 모두 강의 말에 반색을 했다. 목사와 장로를 비롯해 권사 집사들까지 모두 제발 어서 그녀를 고쳐달라고 간곡히 강에게 부탁했다. 강은 누워 있는 그녀에게 다가가서 그녀의 다리를 치료하기 시작했다. 그녀의 몸을 이쪽저쪽으로 빙빙 돌리는가하면 그녀의 다리를 올렸다 내리거나 만지고 두드리는 것을 몇 번 반복했다.

이윽고 조금 시간이 지나자 누워 있던 그녀는 일어설 수 있었고 혼자서 산에서 내려올 수 있을 만큼 완전히 회복을 했다. 그녀는 교회에서 제법 지명도 있는 위치여서 모두들 강에게 고마워했다. 그 일을 계기로 그는 교회 사람들에게 더 좋은 인상을 주게 되었다. 그에 대한 예우와 입지도 한결 달라졌다.

그때 강은 기다렸다는 듯 자신이 정식 치료사라고 스스로의 신분을 밝혔다. 그리고 그는 눈코 뜰 사이 없이 바빠졌다. 그 교회에는 몸이 아픈 이들이 많았던 것이다.

강은 그들로부터 많은 돈을 끌어 모을 수 있었다. 더구나 그는 미국 법에 따라 사람들의 몸을 만질 수 있고 치료도 할 수 있는 안마사 자격증이 있었다. 사람들은 모두 그를 신뢰하고 믿었다.

아픈 이들이 많았던 교회에서 강에 대한 소문은 대부분 부풀려졌지만 많은 이들이 치료를 받기 시작했고 그의 입지도 점점 달라졌다.

안마사
—

교회에는 상처를 하고 외롭게 사는 노인들이 많았다. 그들 중 강에게 치료를 받던 부유한 노인이 있었다. 부인도 자식도 모두 죽고 없었지만 많은 재산을 보유하고 있는 노인이었다. 늘 몸이 아팠던 노인은 양로병원으로 실려갈 때까지 꽤 긴 시간동안을 강에게 치료를 받았다. 몸과 마음이 허약해진 노인은 건강이 나빠지자 강에게 마음을 의지하기 시작했다.

　강을 아들이라고 부르기 시작했고 강도 그를 아버지라고 부르며 극진하고 각별히 대했다.

　강은 구십 노인이 들어가 있는 양로병원으로 매일 찾아가 노인을 치료해 주곤 했는데 결국 그 노인의 많은 재산을 강이 모두 물려받았다는 소문이 자자했다.

　우리와 친분이 있는 이가 강을 데리고 왔던 때가 그 시점 이었다. 빈 털털이던 그의 주머니에서 돈이 돌기 시작할 때였다. 강을 소개한 이의 말에 의하면 교회에서는 허드렛일을 모두 도맡아서 처리했을 만큼 겸손했었다던 강이 무슨 대단한 파워나 가진 도사처럼 거만하고 무례하게 행동하기 시작할 때이기도 했다.

　실제로 강은 자신이 기도사라고 했다가 안마사라고도 했다가 신통력이 있는 기치료사라고 자신을 소개했다. 그는 나이를 본래의 나이보다 올리며 아무에게나 반말을 내뱉던가 황당하고 무례한 언행으로 사람들의 혼을 빼놓는 캐릭터가 되었다. 강의 처세술 역시 사람들을 휘어잡는 면에서는 비상한 재주를 발휘했다.

"여기 아픈 분이 있으면 나오세요."

강이 자신 있게 우리 일행을 둘러보았다. 일행 중 허리가 아프다는 남자를 담요를 깐 기다란 책상 위에 눕히고 치료를 시작했다. 평소에 허리가 아파 쩔쩔 매던 그 남자는 정말 치료 후에 통증이 조금 가라앉는 것 같다고 하며 고개를 갸우뚱 했다.

나도 그 자리에 있었는데 나에게 제일 인상적이었던 건 강의 눈동자였다. 그의 눈동자는 시종일관 산만하게 빙빙 돌아가고 있었다. 그는 치료에 열중하기보다는 주위 사람들의 눈치를 살피기에 여념이 없어 보였다. 치료사로서 그의 과장된 카리스마와 자신감은 어느새 사람들을 압도하며 일종의 플라시보 효과까지 이끌어냈다.

강은 우리들의 아지트인 K부부의 집에서 몇 가지 체조 비슷한 운동을 가르쳐주었다. 우리는 그를 중심으로 운동 그룹을 만들었다. 운동을 빌미로 모여든 이들이었지만 지나고 보니 그 그룹은 점점 더 어떤 컬트의 형식으로 우리들 모두의 삶을

안마사

—

옭아맸었다는 게 더 옳았다.

강이 잘생긴 건 사실이었지만 내 취향은 아니었다. 그의 인상은 몹시 불안정했다. 그의 잠재의식 어디쯤이 싱크 홀처럼 뻥 뚫려 있는 듯 확연한 내적 결핍이 느껴졌다.

강은 집으로 말하자면 겉만 번드르르한 날림 집이었다. 그래도 사람들은 대개 급할 때 비를 피하기 위해 쉽게 드나들 수 있고 우선 불어오는 바람을 피할 수 있는 처마나 날림집을 선호하게 마련이다. 일반인은 정문과 중문을 통과하고 현관의 벨을 누르고 주인이 나오기를 기다리며 거품처럼 일어나는 초조를 누르는 등, 나름의 절차가 필요한 대 저택을 번거로워한다.

요즘은 누구나 많은 시간이 걸리지 않고 쉽게 먹을 수 있는 라면이나 만두나 떡볶이 같은 페스트 푸드를 선호하듯이 그는 그런 존재였다.

바쁜 일정 속에서 시간을 낼 수 없어 일 년 티켓을 끊고도 가지 않는 고리타분한 체육관보다 오다가다 쉽게 들러 안마도 받고 간단한 요가도 할 수 있는 작은 운동 그룹이 우리들에게는 일종의 페스트 푸드 같은 역할을 했다.

중년층으로 경제력은 있었지만 고혈압, 당뇨 등 지병이 있는 이들이 우선 강에게 치료를 받기 시작했다.

그는 적지 않은 치료비를 요구했다. 치료비는 비교적 큰 액수였지만 심각한 지병을 앓고 있는 이들은 모두 그의 지시를 따랐다.

한때 그 운동 크라스는 흡사 벌집처럼 성황을 이루었던 적도 있었다. 나 역시 일주일에 한 번씩 그 크라스를 다녔다. 별로 특별할 게 없는 몇 가지 요가와 체조와 스트레칭을 섞은 엉성한 운동이긴 했지만 집으로 돌아가기 전에나 엘에이에서 일을 보고 돌아가는 길에 잠시 들렀다 가기에는 안성맞춤이었다. 거기에 사람들과 만나고 웃으며 운동을 하는 일이 즐거웠다.

강과 장 여인은 그 때부터 부부로 행세하기 시작했다. 강에게 명품 옷과 장 여인의 재력은 날개 같은 거였다. 강은 그 날개를 단 이후부터 점점 더 기고만장했다. 목소리도 커졌고 거만해졌다.

그의 일장연설은 대게 이런 식이었다.

— 나는 원래 동부에서 한 알려진 회사를 대학 동창으로부터 인수해 운영하고 있었지. 돈이 될 만한 물건을 각국에서 수입했고, 또 한편으로는 이곳(미국)의 물건들을 외국으로 선적하는 일을 하고 있었는데 마침 미국이 호황일 때라서 직원들

도 많이 거느리고 있었어. 일 년 매출이 몇 백만 대의 단위를 넘나들 만큼 회사는 잘 되고 있었어. 하지만 나의 마음은 잠시도 편할 날이 없었지. 아내도 화장품회사를 하고 있었는데 그 때문에 출장도 잦아졌고 그런 이유로 우리의 사이도 점점 멀어졌지. 나에겐 자식도 없었던 만큼 골치 아프게 회사를 더 운영하고 싶지 않았어. 마침 회사를 인수하겠다는 큰 회사가 나타나서 나는 회사를 모두 정리하고 말았어. 그 후 와이프와 함께 한국을 갔는데 갑자기 와이프가 나와 이혼을 하겠다고 선언을 했어. 난 충격을 받았지만 와이프가 원하는 대로 이혼을 하고 전 재산을 모두 와이프에게 넘겨주었지. 그리고 빈 털털이가 되어 나 혼자 미국으로 돌아와 살았던 거야! 막상 혼자 살려니 사는 일이 너무 힘들어 한동안 떠돌이처럼 살기도 했지. 늘 어디론가 멀리 떠나버릴까? 산 속 깊이 들어가버릴까? 생각이 많았을 때였어. 살고 싶은 의욕을 상실하고 말았으니까. 그러다 교회에 가서 봉사를 하며 살기로 마음을 먹게 되었던 거야!

그는 또 자신이 그때 소유하고 있었던 재산 목록을 공개했다. 고층 빌딩과 대형 상가와 땅을 수도 없이 소유하고 있었다고 주장했다. 그동안 여자를 얼마나 바꾸었는지도 거침없이 늘어놓았다.

여기 있어
—

시간이 지날수록 사람들은 그들이 운동을 하기 전이나 운동 중 자신들을 향해 쏟아놓는 진부한 연설과 잔소리에 지쳐버렸다.

"저 인간, 너무하지 않아? 운동이나 할 것이지 너무 시간을 끄는 것 아니야?"

"사실, 저 인간 그저 입을 다무는 게 좋을 텐데, 입을 열수록 자신들의 정체가 드러나지 않아?"

"낯 뜨거워!"

그놈의 연설이라는 게 매 번 자신의 자랑으로 시작되었다. 암으로 죽어가는 환자를 살려낸 경험은 부지기수라 했다. 자신의 치료 능력으로 죽는 이를 살려냈다던가? 그의 치료를 계속 받아야 한다고 못을 박던가. 누구라도 중간에 그만 두면 도로 몸이 나빠져 죽는다고 협박 아닌 협박을 늘어놓기도 했다.

그는 늘 우리가 자신이 지도하는 이 운동 도장을 나오다가 그만두면 죽을 수도 있다고 했다. 그가 늘어놓는 말은 그런 류의 유치하고 협박성을 띤 내용이 대부분이었다.

"기막혀! 저 인간이, 요즘은 더 황당무계한 소리를 하네!"

"맞아요! 아주 비정상이 되가는 것 같지요?"

"제 정신이 아니야!"

사람들이 수근댔다.

안마사

—

시간이 지날수록 사람들은 반복되는 그의 이야기에 식상해하고 싫증을 냈다.

"아니, 뭐라고?"

"그 이야기 들었어?"

"아니, 우리가 여기에 앉아 있다고 우리를 바보 취급을 하는 거야?"

사람들의 감정이 들끓었다.

"글쎄, 자신이 공중부양을 할 수 있다는데."

"아무래도 저 인간 정상이 아니야. 왜 아무도 묻지 않고 관심도 없는 소리를 늘어놓는 거지?"

사람들은 그의 말을 믿지 않았고 그의 이야기는 정상을 많이 벗어났다.

"저이가 늘 거리를 떠돌던 홈리스였는데."

"맙소사!"

"홈리스가 되기 전엔 감옥에 있었다고 하더군."

"마약과 관련되어 감옥을 갔었는데……."

"홈리스가 된 건 감옥에서 나와 갈 곳이 없어서였다고 해!"

"맞아! 공원에서 신문지와 비닐을 깔고 자며 거리를 헤매다 녔다지?"

"그러다가 걸인들에게 무료로 숙식을 제공하는 그 교회를

여기 있어

—

120

다니게 됐다면서?"

"근데 마침 목사님의 눈에 들어 그 교회에서 돈도 많이 벌었다지?"

운동 시간은 날이 갈수록 점입가경이었다. 강은 점점 더 의기양양해졌다. 그는 마치 죽어가는 사람을 살리는 컬트 그룹의 교주나 된 듯 행세했다. 그의 언행은 다분히 불안정했고 불손했다.

"혹시 저이가 무슨 마약중독자가 아닐까요? 우선 그 퍼서널리티만 보아도 넘 비정상적이지 않아요?"

사람들은 수근대며 그에 대한 의혹을 제기하기 시작했다. 그때부터 운동을 하러 그토록 몰려들던 이들이 현저하게 줄어들었다.

강의 고희 생일잔치가 있었다. 남아있는 사람들은 생일파티를 위해 음식과 음료와 케익과 꽃까지 완벽하게 준비해 왔다. 일단 파티가 시작되자 모두들 그 나이에 그토록 건강을 유지하니 장하다고 덕담을 나누었다. 그런 중에도 파티에 참석한 한 남자가 고개를 갸웃거리다 강의 정체를 밝혔다. 그 남자는 강이 아직 60대라고 주장했다.

"고희라니 말도 안 돼! 아니, 왜 나이는 속이는 거야? 저 사

안마사
—

람은 제 친구와 동기동창입니다. 자신은 주먹께나 쓴 것처럼 말하지만 실은 건달로 빌빌거린 인물이었지요?"

"물론 그랬을 거야! 허우대나 멀쩡했지 걸레수준의 쓰레기 같은 인간이 아니냐고."

그룹은 두 갈래로 갈라졌다.

그를 두둔하는 쪽은 심각한 지병을 앓으며 그에게 지압을 받고 있는 이들로서 현대의학으로도 고칠 수 없는 자신의 지병이 좋아질 거라는 환상 때문이었다.

믿음이란 속성이 그렇듯 한번 믿음을 가진 후에는 그 믿음의 중독성을 쉬 벗어나기 힘들었다. 그런 이들 일수록 언제나 강을 극진히 대접했고 아낌없이 많은 비용을 상납했다. 늘 선물 공세도 폈다. 한 말기 암환자는 병을 고쳐주겠다는 강의 한 마디에 가지고 있던 전 재산을 갖다 바친 적도 있었다.

강은 환자의 절박한 상황을 이용해 이득을 취할 줄 알았다. 그는 목숨이 없이 재산이 무슨 소용이냐고 마음 약한 환자에게 모든 것을 맡기라고 종용했다.

한 번은 암 수술을 받았다는 중년여인이 내 옆에서 속삭였다.

"강이란 저 사람 중증 마약중독자에요. 한마디로 미치광이지요. 지금 늘어놓는 말들도 일종의 환각상태에서 하는 말일

여기 있어
—

거에요."

그녀의 말이 맞았다. 그는 정상을 벗어나도 한참 벗어나 있었다.

운동을 하다보면 땀이 흘렀다. 강은 자신의 운동이 디톡스 운동이라고 소개하곤 했다. 그 운동을 하면 온몸이 디톡스가 된다는 말을 자주 했다.

"아니, 그럼 그 디톡스가 그 디톡스?"

"물론이지요. 하지만 땀이야 무슨 운동을 해도 나게 마련 아닌가요?"

여인이 고개를 끄덕이며 대답했다.

"그에 대한 사실들을 어떻게 알았지?"

"그를 오랜 동안 보아왔으니까요."

여인이 말했다. 여인은 교회에서 강을 만났고 강과 자신이 한때 연인 사이였다고 했다.

"강이 내 병을 모두 고치겠다고 여기를 나오라고 하더군요. 정말 웃기는 일이지요."

여인은 강이 치유할 수 있는 능력이 전혀 없다고 잘라 말했다.

"강이 돈을 벌기 위해 큰 소리를 치지만 어디 누구의 병을 낫게 했는지 데려와 보라고 하세요? 치료해 주던 이들도 결국

안마사
—

123

모두 죽었지 않아요? 암으로든, 노환으로든…… 저이는 병자들을 데리고 장난을 치는 거예요. 돈을 벌기 위해……."

나는 그녀의 말에 고개를 끄덕이며 수긍했다. 그녀가 암의 재발로 세상을 뜨기 전에 내게 고백했다. 자신이 강과 오래전 한 교회의 마약퇴처 프로그램에서 만난 사이라고.

"저 사람 지금 제 정신이 아니니 저러고 있을 거예요. 하지만 언젠가 제 정신이 돌아올 날이 있겠지요. 죽음이란 늘 누구에게나 제 정신을 찾기 전부터 먼저 찾아오더군요."

여인은 말을 마친 후 허탈하게 웃었다.

여인을 만나고 집으로 돌아 올 땐 밖에서 기다리고 있던 풍경들이 초현실화와 맞닥뜨린 것처럼, 아니, 여우에게라도 홀려 다녔던 것처럼 비현실적이고 황당하게 느껴졌다. 여인의 말소리가 환청이 되어 계속 따라오며 나를 전송했다.

"어중이떠중이 치료사들이 여기저기에서 불치병을 고친다고 큰소리치지만 아직껏 병을 고친 사람을 본 적이 없어요. 그렇게 너도 나도 병을 고칠 수 있다면 이 지구상에 불치병은 어디에 있겠으며 또 죽을 사람이 어디에 있겠어요?

인간은 죽는 게 마땅해요 언젠가는 말이지요. 삶이 그 의미를 잃는 순간 의미 없는 삶을 지속하느니 죽는 게 마땅하지 않아요?"

여기 있어
—

여인의 말이 계속 나의 귓전을 울렸다.

산길을 벗어날 때까지 내내 따라오던 잡목 숲은 더 길어진 그림자 속에 갇혀 있었고, 어디선가 몰려온 구름이 그토록 맑았던 하늘을 삽시간에 어둠의 휘장으로 덮어버렸다.

그동안 나에게 일어났던 일들이 모두 꿈 속에서 일어 난 일만 같았다. 실제 있었던 일이라면, 아니, 현실 속에서 어떻게 이런 일들이 일어날 수 있단 말인가? 나는 정말 그동안 이 삶에 대해 아무것도 모르고 살아왔다는 생각이 들었다.

우리는 아직도 그를 모르고 있었다. ✶

안마사
—

세입자

한 생을 산다는 것, 누구나 생의 세입자 아닌가. 너는 나에
게, 나는 너에게 세입 받아 살다 가는 것

세입자

"이번 기회에 은퇴를 해야겠어!"

이제는 정말 지쳤다는 듯 빈의 남편이 한숨 쉬듯 은퇴를 선언했다. 빈은 남편의 그런 결정이 오히려 당연하다는 생각이었다.

"하기야 당신, 진작 은퇴를 하고 쉬었어야 했지요. 그동안 얼마나 고생이 많았어요."

"당신 말이 맞아! 이제는 우리도 가고 싶던 곳으로 여행도 하며 쉬어야하는 나이가 됐으니……."

그래도 서운한 듯 빈의 남편 눈가엔 어느새 물기가 서려 있었다.

세입자
—

누구보다도 일에 대한 욕심이 많았고 부지런한 성품인 빈의 남편은 미국으로 이민을 온 후 작은 무역회사를 운영하다 불황으로 인해 회사의 문을 닫은 후로도 늘 일거리들을 찾아다녔다. 아무리 빈이 은퇴를 하라고 권했어도 하다못해 지인들의 건물을 관리해 주거나 다른 나라에서 핫 아이템이 될 만한 물건을 수입해오는 등 여러 일거리들을 전전해오며 바삐 살고 있었다. 하지만 벌써부터 빈은 알고 있었다. 남편이 벌려 놓은 모든 일들이 그동안 수지타산도 맞지 않았고 지지부진하고 있었던 사실을.

"그렇게 너무 서운해 하지 말아요. 이제 쉴 때도 됐지요."

빈은 요즘 들어 더 희끗해진 남편의 머리를 바라보며 고개를 끄덕였었다. 이제는 빈 스스로도 다리를 펴고 느긋하게 여행도 다니고 싶은 자신의 말년의 소원을 이룰 수 있을 것 같다는 생각에 은근히 설레기까지 했다.

빈의 남편이 개인 사무실로 사용했던 콘도는 이사를 모두 마친 후부터 대대적인 수리에 들어갔다. 거실과 침실의 카펫도 산뜻한 색깔로 다시 깔았고 흰 페인트가 칠해졌던 벽도 다시 요즈음 유행한다는 색깔이 있는 페인트로 칠했고 부엌의 케비넷과 싱크도 바꾸는 등 단장을 모두 마쳤다.

여기 있어

—

빈은 콘도를 세를 놓기 위해 일단 이곳 지역 신문에 세입자를 찾는 광고를 내야 했다.

얼마 안 있어 사람들에게 문의 전화가 오기 시작했다. 광고가 나간 지 몇 주도 안 되었을 때였다. 누군가 콘도를 보여 달라는 연락을 해 왔다. 연락을 받은 빈의 남편은 세입자를 만나기 위해 서둘러 집을 나갔다.

그날 그는 빈의 생각보다 빨리 집으로 돌아왔다. 빈이 화분에 심어 놓은 씨앗에서 올라오는 꽃을 보며 발코니에서 물을 주고 있던 참이었다.

빈의 친구가 화분에 기르는 꽃이 핀 사진을 스마트 폰으로 보내왔을 때 나리꽃과 양귀비꽃을 보고 친구에게 꽃씨를 부탁했고 친구가 보내준 씨앗을 심자 얼마 안 있어 싹이 오르기 시작했던 것이다. 직접 씨앗을 심고 기른 화초는 확실히 특별했다. 마음과 관심이 커져만 갔다. 꽃이 자라는 모습을 보는 일도 특별한 기쁨이었다.

"오늘 만나고 온 분은 어떤 분이셨어요?"

발코니에 있던 빈은 세입자를 만나고 돌아온 남편을 맞으며 물었다.

"집을 보러 오신 분이 아주 젊잖아 보이는 노인이더군."

"노인이라고요?"

세입자
—

"응 그 노인이 자신이 혼자 살 콘도를 구하는 중이라고 하더군."

"그럼 그분은 혼자 사시는 분인가요? 아내는 안계시데요?"

빈의 남편은 고개를 끄덕였다.

"최근에 아내와 사별을 했다는군. 그래서 그동안 함께 살던 집을 팔아버렸데."

"아! 그럼 그분 혼자 콘도에서 사시겠군요."

"물론!"

빈의 남편은 잠시 혼자 생각에 잠긴 기색이었다. 그러다 다시 빈을 돌아보며 말했다.

"근데 내 생각에도 혼자서 사는 노인 세입자가 우리에게도 좋을 것 같아!"

"그럴까요?"

"일단, 단촐하지 않아? 그리고 노인들은 젊은이들처럼 직장을 따라 이리저리 옮겨 다니지도 않을 테고 또 시끄럽지도 않고 가족도 딸리지 않았으니 집도 깨끗하게 쓰실 것 아니야?"

"하기야 혼자 사시는 분이니 젊은이들이나 식구가 있는 이들보다야 조용하게 사시지 않을까요?"

빈의 남편은 고개를 끄덕였다.

"그래도 잘 알아보고 하세요."

여기 있어
—

빈은 다시 발코니의 문을 열고 화초에 마저 물을 주었다. 덥고 화창한 캘리포니아의 날씨 때문인지 화초들이 점점 더 화사한 자태를 뽐내고 있었다.

다음날 빈의 남편은 리스 계약서를 작성하기 위해 다시 노인을 만나고 돌아왔다.

"계약은 하셨어요?"

"아니, 아직……."

"왜 집이 마음에 들지 않는데요?"

"아니, 그건 아니고……."

말끝을 길게 늘이던 빈의 남편이 말했다.

"그 노인이 현재 팜스프링에 콘도를 가지고 계시다더군. 그런데 그곳에서 아직 세입자가 살고 있어서 이사를 할 수가 없다고 하더군."

"아니, 그건 또 무슨 말이지요?"

"노인이 집을 팔고 나서 생각해보니 이제 나이도 있고 해서 남은 말년을 팜스프링에서 골프나 치며 한가롭게 살고 싶으시다는 거야."

"그런데요?"

"그런데…… 노인이 그 콘도로 들어가려면 아직 리스 기한이 두 달이나 남아 있다는 거야."

세입자

—

"그래서요?"

"하니까 노인이 나에게 우리 콘도를 두 달만 자신에게 빌려줄 수 없겠느냐고 사정을 하시더군."

"기막혀! 그건 이야기가 다르지 않아요? 우리는 세입자를 찾고 있는데…… 그리고 지금 세를 놓으려고 깨끗이 준비해놓은 콘도를 두 달만 빌려 쓰겠다고 하시다니요?"

"……."

"곤란하지 않아요. 도무지 양심이 있으신 분이에요? 제발 그만 두세요."

빈은 실망한 나머지 남편에게 말했다.

"그럼 차라리 모텔을 알아보실 것이지."

"노인이 살던 집이 생각보다 빨리 팔리는 바람에 준비도 없이 그 집에서 이사를 나와야 하게 됐다는 거야!"

빈은 잠시 생각에 잠겼다.

"짐이 많아서 짐을 처리할 동안엔 모텔에도 갈 수 없는 상황이라는 거야!"

"점입가경이네요! 그럼 짐은 창고에 맡기시고 모텔로 들어가시면 되지 않아요? 왜? 당신이 시시콜콜 노인네 짐 걱정까지 해야 해요?"

"그동안 기껏 사무실로 쓰던 방인데 그 남아돌아가는 방을

돈이 급하지도 않는데 곤경에 빠진 노인에게 두 달쯤 살게 해
주는 것도 좋잖아."

웬일인지 빈의 남편은 평소와는 다르게 빈에게 우겨댔다.

"뭐라고요?"

"……."

빈은 더 이상 할 말을 잃고 멍하니 남편의 얼굴만 바라보았
다. 결국 빈 부부는 노인에게 두 달 간만 콘도를 빌려주기로
결정을 했다. 빈의 남편은 노인에게 계약금 없이 두 달 렌트비
를 한꺼번에 받아오고는 좋아하는 기색이었지만 빈은 뭔지 불
길한 예감이 들었다.

노인이 바쁘다는 핑계로 리스 계약서의 사인을 차일피일 미
루었다.

"이야기를 들으니 이 나라 노인들은 한국의 노인들처럼 인
자한 구석이 없다더군요. 이곳 노인들은 여간 영악하지가 않
다는데…… 어서 계약서를 작성하고 잘 처리해 두세요."

빈이 남편에게 몇 번이나 경고했지만 남편은 빈의 말에도
별로 개의치 않는 기색이었다.

"뭐, 두 달 후엔 곧 이사를 나가실 건데……."

빈의 남편은 노인의 말만 믿고 계약서에 사인하는 일을 전
혀 재촉하지 않았다.

세입자

—

135

두 달이 지나갔지만 이상하게도 노인은 이사를 나갈 생각조차도 하지 않았다. 그제서야 심각한 낌새를 감지한 빈의 남편이 노인에게 어서 이사를 나가시든가 아니면 계약금을 내고 정식으로 리스 계약서에 사인을 하시라고 했지만 막무가내로 말을 듣지 않았다.

오히려 노인은 어디선가 망아지처럼 큰 개를 두 마리나 구입해 콘도에 입성시켰다. 그 건물은 원래 동물을 기를 수 없는 규정이 있어서 주민들의 원성이 말이 아니었다. 하지만 노인의 리스가 없기에 빈 부부는 어떤 법적인 조치도 취할 수가 없었다.

"당신, 노인이 룸메이트를 데려온 것 아시고 계세요?"

콘도에 살고 있는 지인을 만나고 돌아온 빈이 남편에게 물었다. 그는 어정쩡한 표정으로 입을 꼭 다문 채 빈을 건네다 보았다. 남편도 그 사실을 알고 있었다.

언제부턴가 노인은 걸 프렌드라며 변호사 사무실 비서로 일하고 있다는 노파를 데려와 좁은 집에서 함께 기거하기 시작했다. 노인의 걸 프렌드라는 노파는 변호사 사무실의 비서라기보다는 거리의 여인처럼 야한 인상을 주었다.

"혼자서 산다던 노인이 주인의 양해도 없이 노파를 데려와 함께 사는 것 자체가 불법이지 않아요?"

노인은 계약서에 사인을 하라고 해도 자신은 콘도에 들어올 때부터 계약서 없이 들어온 만큼 법적으로 리스에 사인을 할 아무런 의무도 없다며 어설픈 법률 상식까지 들먹이며 사인을 회피했다.

　노인이 콘도에서 살기 시작한 지도 그새 삼 년이 지나갔다. 사는 동안 노인은 빈 부부에게 여러 번 배수관이나 전기나 오븐이 고장났다고 신고를 해왔다. 그 때마다 수리공들은 노인이 청소를 하지 않아 고장이 나는 상황을 설명한 정황이었지만 어쩔 수 없이 모두 고쳐주어야 했다. 그뿐만이 아니었다. 노인의 집에서는 개 냄새, 개 오줌 냄새 그리고 청소를 제대로 하지 않아 이상한 악취까지 밖으로 새어 나와 다른 입주자들의 불평이 말이 아니었다.

　노인과 자주 다투었다던 노인의 걸 프렌드가 콘도를 떠나고 말았다.

　빈의 남편은 콘도를 갈 때마다 노인을 만났다.

　"오늘 노인을 길에서 만났어. 외로울 텐데 그래도 개 두 마리와 매일 산책도 하시고…… 개들에게 위안을 얻고 있을 거야! 그런데……."

　"그런데요?"

"홈리스들 있지?"

"!?"

"홈리스들이 이제는 콘도 부근의 공원까지 장악을 하고 있어요."

"?"

빈은 요즈음 콘도의 소식조차 듣고 싶은 심정이 아니어서 시큰둥한 얼굴로 남편을 보았다.

"그런데 노인이 그 홈리스들과 부쩍 친하게 지내는 것 같아. 지난번에도 그곳을 지나다 보니 노인이 홈리스들과 섞인 채 걸 프랜드가 있을 때도 보이지 않던 파안대소로 홈리스들과 이야기를 하고 있더군."

"조심해요! 들리는 이야기로는 홈리스들이 언제나 노인에게 돈을 좀 달라거나 약을 사달라고 조르며 벼른다고 하더군요."

"아닌 게 아니라 입주자들이 노인이 콘도에 온 후부터 거리에서 홈리스의 수효가 더 많아졌다고 불평이 이만저만이 아니래!"

빈도 근심스러운 얼굴로 한숨을 쉬었다.

"내가 듣기엔 노인이 홈리스의 해결사래요. 돈도 주고 여러 가지로 도움을 주기도 한다던데요? 그러니 가끔씩 눈에 띄던 홈리스들이 부쩍 불어나지 않았어요? 역시 소문이 무섭다니까요?"

"그나저나 홈리스들은 모든 걸 내던진 인간들인데 저러다 노인이 다치기라도 하면 어떻게 하지?"

남편의 한탄에 빈 역시 걱정스러웠다. 아닌 게 아니라 요즘 들어 건물 인근에서 홈리스들의 수효가 엄청나게 늘어나고 있는 추세였다. 주민들이 몇 번이나 폴리스를 불렀지만 그때뿐이었고 홈리스들의 수효는 점점 더 늘어났다. 엘에이 시에서도 홈리스 문제로 골치를 앓고 있었다.

"엘에이 카운티에서도 노숙자의 문제 해결을 위해 사회적 소외계층을 위한 복지예산을 대폭 확대했다던데요."

빈의 말에 남편이 고개를 끄덕였다. 공원 부근을 지나다 보면 멀쩡한 성인 남자들이 땅 위에 이리저리 누워 잠에 빠져 있거나 술에 취해 비틀대는 모습이 자주 눈에 띄었다. 그들의 모습을 보면 대부분 환자 같았다. 무언가 깊은 병을 앓고 있는 게 분명했다.

정부에서는 노숙자를 돕기 위한 각종 약물 재활 서비스, 교육, 직업훈련, 렌트비 보조 등 모든 서비스를 총 동원해 노숙자 문제 해결을 위해 노력을 한다고는 하지만 그 많은 예산으로도 늘어나는 노숙자의 복지를 감당할 수 있을는지는 의문이었다. 더구나 노숙자들을 거리에서 사라지게 하는 기적은 일

세입자

—

어날 것 같지 않았다.

　건물 부근과 공원에 포진하고 있는 노숙자들은 가련하면서
도 당당해 보였다.

　2030년엔 상위 1프로가 전 세계 부의 64프로를 독식할 것
이라는 통계가 보고 되었다. 군집하고 있는 노숙자들을 보면
그들이 마치 이 사회의 부의 편중현상과 부조리현상에 대해
항의의 시위를 벌리는 것 같았다. 이 사회는 분명 무언가가 잘
못 되어 있다고 암시하고 있는 것만 같아 쓸쓸한 기분이 되었
다.

　'이건 남의 일이 아닙니다. 당신에게 한 달 렌트가 준비 되
어 있지 않으면 당신도 어김없이 거리로 쫓겨나게 됩니다.'

　'지병 때문에 직장에서도 쫓겨나는 신세가 되었습니다.'

　'직장에서 쫓겨나면 그 때는 당신도 홈리스가 됩니다.'

　'우리에게도 대책을.'

　'부친의 장례비용 적선을.'

　'저를 집으로 돌아갈 수 있도록 도와주세요!'

　하기야 홈리스들 중에는 성공한 이들이 더러 나오기도 한다
는 것이다. 홈리스로 거리에서 태어나 자라난 이들 중엔 정신
이 온전치 못한 이들도 있었지만 의외에도 현역 작가나 예술
인도 섞여 있었다. 거리에서 살면서 명문 하버드나 인근의 대

여기 있어
—

학을 졸업하는 이들도 있고 보면 그들이야말로 이 사회의 부의 편중현상과 부조리현상의 피해자 일지도 모른다는 의문이 들기도 했다.

성공한 홈리스들 중엔 지금도 거리가 자신의 유일한 집이라고, 자신들이 살기에 가장 편리하고 익숙한 자신들의 공간이며 진정한 고향이라고 역설하는 이들도 있었다. 사실, 실제로 몇몇 유명한 배우들도 자신이 원래 홈리스 출신이었다고 티브이 토크 쇼에 나와 소개하는 것을 들은 적도 있었다.

홈리스들이 현수막 아래 모여 있다.

홈리스가 장악하고 있는 거리는 순식간에 더럽고 악취가 진동하는 쓰레기처리장으로 변하게 마련이었다. 주위를 어지럽게 어질러 놓은 채 시위 아닌 시위, 집회 아닌 집회를 벌리고 있는 홈리스들에게 이웃들과 시가 모두 골치를 앓고 있었다.

시에서는 날씨가 춥거나 폭풍이 오면 임기응변으로 천막이나 슬리핑 백 그리고 두꺼운 자켓을 나누어주기도 했지만 요즈음 홈리스들의 수효는 줄어들 줄 모르고 점점 더 급증하는 추세였다.

"밤이면 노인이 홈리스들을 건물 복도에 데려와 재운다면서 건물 주민들에게 신고가 들어왔데요!"

"저런, 어떻게?"

세입자

─

"노인이 밤마다 로비의 문을 열어 놓는데요."

툭하면 안하무인격으로 법 조항을 들이대며 빈의 남편을 귀찮게 하던 노인의 걸 프랜드가 드디어 노인의 거처에서 이사를 나간 후 그들이 안도의 숨을 내쉬기도 전에 험상궂은 인상의 거구의 남자가 노인의 집으로 떡 들어와 있었다.

사람들은 그 남자 이전에도 젊은 여인 몇이 노인의 집에서 살다 나갔었다고 수군댔다. 그 젊은 홈리스 여인들은 노인의 집에서 지내는 동안 노인의 값나가는 물건들을 모두 훔쳐갔다고 노인이 털어놓더라는 것이다.

"그런 뜨내기 인간들을 집안에 들이는 이상 문제가 생기는 건 당연한 일이지. 그들이 그런 삶에서 벗어나 보려고 별 짓을 다 할 것 아니에요?"

아무튼 거구의 남자는 원래 인근에 상주하고 있던 홈리스였는데 병이 들어 사경을 헤매며 몹시 괴로워하는 걸 본 노인이 집으로 데리고 들어와 한동안 돌보아주다가 이제는 아예 아들로 삼았다는 것이다.

그들이 그 사실에 대해 확인을 해 보기도 전에 들려오는 또다른 버전이 있었다. 그 남자가 바로 오랫동안 감옥에 들어가 있던 노인의 아들이라는 불행한 소문이었다.

소문의 진위가 어느 쪽이었던 간에 구두로 한 계약도 엄연한 계약이고 보면 노인의 행태는 비명非命이고 계약 위반이었다. 노인은 불법을 저지르고도 당당했고 빈 부부는 늘 안절부절이었다.

그 때부터 노인은 개 두 마리와 아들을 침대 위에서 재우고 자신은 늘 소파에서 지냈다. 노인의 아들이 상주하면서 입주자들의 항의와 신고가 빗발쳤다.

입주자들은 밤새 누군가가 자신의 차바퀴를 떼어 갔다고 신고를 하거나 경대 위에 놓아 둔 골동품 시계가 없어졌다던가, 차고에 놓아 둔 자전거가 없어졌다고도 했다. 하지만 주민들의 신고로 폴리스가 찾아왔을 때는 이미 노인의 아들은 깜쪽같이 집을 떠나고 없었다.

떠도는 또 다른 소문은 감옥에서 나왔던 노인의 아들이 불법을 저질러 감옥으로 다시 잡혀 들어갔다고 했지만 진상은 알 수 없었다.

건물로 찾아온 폴리스가 자신들이 쫓고 있던 흉악범의 사진을 한 장 주민들에게 내밀어 보였는데 주민들은 그 사진의 주인공의 얼굴이 분명 노인과 함께 사는 남자의 얼굴이더라는 것이다. 그런데 이상한 것은 사진의 주인공이 틴에이저 때 찍은 사진인지 앳된 얼굴이어서 주민들이 폴리스에게 제대로 확인을 해 줄 수 없었다.

세입자
—

143

노인의 계약서가 없으니 빈의 남편은 그들의 신상에 대한 정보를 제공할 수도 없었다.

"당신, 그 노인한테 속은 거야! 십 여 년이 넘도록 그 노인이 누군지도 아직 모르고 있지 않아요?"

"참, 기막혀서!"

"이럴 수가 있느냐구요? 당신의 그 얄팍한 동정심 때문에 우리는 물론 여러 사람들이 피해를 입고 있지 않아요?"

"맞아! 우리부터 이게 뭐냐구요? 내가 판단을 잘못해서 사태를 이렇게 돌이킬 수 없게 만든 거에요."

"앞으로는 남의 사정을 보지 마세요. 앞뒤 안 가리고."

노인의 집에서는 여전히 오래도록 청소를 하지 않아 악취가 진동했다. 빈의 남편은 노인에게 제발 청소를 하게 해달라고 개의 오물이 스며든 마루를 갈고 벽에 페인트를 하게 해달라고 사정했지만 노인은 그 모두가 귀찮다고만 할 뿐 아무런 대책이 없었다.

개를 데리고 밖으로 산책을 나오던 노인의 모습이 한동안 보이지 않았다.

얼마 후 노인의 딸이라는 여인이 빈의 남편에게 연락을 해왔다. 놀랍게도 노인의 딸이 노인의 부고를 알려 왔다. 노인이 병원에서 심장마비로 별세했다는 소식이었다. 노인의 부고 소식은 빈의 마음을 복잡하게 했다. 빈은 길게 한숨을 내쉬었다.

풀리지 않던 퍼즐이 풀린 듯 묘한 느낌과 함께 어쩔 수 없이 따라오는 감정은 서운함과 슬픔이었다.

한 인간과 또 다른 인간이 어떤 이유에서건 서로 가까워질 수 없었다는 사실은 서운함과 한탄으로 빈의 가슴에 암각되었다. 영원히 세상을 뜨고 말아야하는 존재의 허망함 역시 끝없는 슬픔이 되어 빈의 가슴속으로 밀려들었다.

노인의 짐을 처리하기 위해 콘도를 들렀던 노인의 딸이 더러운 집을 둘러 본 후 기절할 듯이 놀란 나머지 한동안 할 말을 잃고 있었다. 빈은 그녀에게 노인이 지내왔던 경로를 모두 이야기해주었다.

"전 정말…… 그, 모든…… 사실을…… 믿을 수 없군요!"

노인의 딸은 빈 부부가 털어놓은 사실에 대해 경악한 나머지 세차게 고개를 흔들었다.

"저의 아버진 전혀 이렇게 사실 분이 아니에요. 얼마나 품위 있게 사시던 분이셨는데요."

유럽으로 유학을 떠났었던 노인의 딸은 그동안 스위스에서 결혼을 했고 그곳에서 정착을 했다.

"대체 왜 아버지는 평생을 사시던 버젓한 집도 없애버리고

세입자
—

남의 콘도에서 구차스런 말년을 머물고 계셨는지…… 정말 알
수 없는 노릇이로군요."

"……."

빈 부부도 할 말을 잃고 말았다. 노인에 관한 모든 일들이
미스테리였다. 단지 노인을 만났던 일들이 기다란 악몽으로
느껴졌다.

입주자 계약서에 사인조차 안 해주어 그들을 곤경에 빠뜨렸
던 노인, 렌트를 한 번도 올리지 못하게 하며 십여 년 동안 콘
도에 머물었던 그 노인은 원래 대 저택의 주인이었다. 노인이
부자였다는 말이 빈에겐 비현실적으로 느껴졌다. 도저히 믿겨
지지가 않았다.

잠시 한 생을 빌려 살 뿐인 이 삶의 세입자인 노인이 왜 그
런 말년을 살다 떠났는지는 아직도 알 수가 없는 미스테리로
빈의 뇌리에 남아 있을 뿐이었다. ✶

아날로그의 꿈

아날로그의 꿈

사람의 꿈, 로봇의 꿈. 양쪽이 서로의 꿈을 넘나들면 검은 꿈이 하얀 꿈이 될까? 그 물음은 숨 쉬는 피가 숨 안 쉬는 피를 사랑하여 얻어지는 미래의 답이다. 답이 답이 아닐 수 있는

아날로그의 꿈

"언니, 이제 곧 이 지구상에서 산소가 모두 고갈된다는 거 알고 있어?"

"아니, 아직 100년까지는 견딜 만하다고 통계자료에서도 보았는데……."

"아이고, 이제 우린 어떻게 해!"

동생의 훌쩍이는 소리가 전파를 타고 나에게 전달되었다.

나는 난감해진 눈길을 천정으로 돌렸다. 가뜩이나 세상 돌아가는 일이 뒤숭숭한 요즈음. 더구나 이렇게 우중충한 날 아침부터 듣기에는 한층 더 우울하고 비관적인 소식일 뿐이었다.

부친의 뒤를 이어 경제학을 전공했지만 나와 전화를 할 때면 뜬금없이 아담 스미스의 경제학 이론을 들먹이는 동생이 나는 가끔 안쓰럽게 느껴지곤 했다. 대학을 졸업한 후 어렵사리 입사한 직장에서 외국 출장을 다니는 등 눈부신 활약을 하던 동생이었다. 물론 나이가 차기 전에 결혼을 해야 한다는 집안의 압력에 못 이겨 잘 나가던 시기에 다니던 직장을 그만두고 결혼을 해야 했다. 이제 아이들도 모두 자라 독립을 한 만큼 꿈꾸었던 삶과는 너무나도 멀리 떠나온 현실을 돌아 볼 때마다 아쉬움이 남아 있을 것이 분명했다. 경제과를 나왔지만 실제의 삶에선 늘 경제적으로도 여의치 못했으니까.

그래도 나는 동생이 설거지를 하거나 음식을 조리하다말고 아담 스미스의 경제학 이론을 떠올리는 이유를 도저히 헤아릴 수가 없었다. 그런데 언젠가부터 동생의 경제학 이론은 지구의 구체적인 환경의 문제로 대치되었다.

환경에 관한 묵직한 문제들을 발등의 불처럼 나의 발등 위에 부려 놓았다. 그건 산소에 관한 불행한 소식이었다. 동생은 '포풀러 사이언스' 등, 과학지를 여러 권 통달하고 있었다. 같은 형제라도 어쩜 이렇게 다를 수 있는지 나는 이해가 가지 않았다. 나의 다른 형제들은 나와 달리 물리와 수학의 재질에다 빨리 회전하는 두뇌까지 갖추고 있었으니 나와는 달라도 너무나 달랐다.

　나로 말하자면 원래 마켓을 가는 일도 싫어할 뿐더러 물건을 사면서도 값도 보지 않아 늘 애를 먹곤 했다. 한마디로 계산을 한다거나 숫자를 따지는 일에 게을렀다.

　동생은 그동안 인류가 얼마나 자연을 훼손해 왔는지 그리고 원래대로 회복시키는 데 얼마가 걸리는지 소요되는 시간을 수학적으로 계산을 해 냈고 그 숫자는 통계와 거의 비슷했다.

　동생은 300만, 500만 년을 수월하게 이야기했지만 나는 원래 1000이란 숫자 이외에는 상상도 할 수 없는 두뇌의 소유자기에 그저 침묵하고 있었고 동생의 엄청난 이야기를 그저 듣고만 있었지만 잘 이해되지는 않았다.

　백 년이란 세월을 훌쩍 지나 보냈다. 지구상에서 대기권의 산소가 모두 고갈되었고 에이아이(AI) 시대가 도래한 지도 벌써 백 년에 육박하고 있었다. 누구나 에이아이와 로봇에 관한 지식들을 겸비해야만 하는 시대가 이미 시작되고 있었다. 지구상에서는 한 때 아날로그 시대가 오래 지속되었던 적이 있었다.

　오스트랄로피테쿠스로부터
　호모 하빌리스

아날로그의 꿈

—

호모 에르가스테르

호모 네안데르탈렌시스

호모 루돌펜시스

호모 하이델베르겐시스

호모 에릭투스

호모 안테케소르

호모 사피언스 등

호모 에릭투스는 네안델탈인 크로마뇽인이다.

구석기 시대의 수렵과 채집 경제가 형성되어 이윽고 농경 목축 농업으로 식량을 생산하고 인구가 팽창하기 시작했고, 도시가 형성되고 사회에 지도자와 성직자 같은 지도층이 탄생했다는 것이다. 생산활동에서 해방된 사람들에 의해서 기술의 진보와 교육, 그림과 조각 등 괄목할 만한 문화가 발전했다.

메소포타니아 문명은 인류 최초에 탄생된 고대의 문명이고 나일강 유역의 이집트 문명, 인더스강 유역의 인더스 문명, 황하강 유역의 황하 문명은 세계 4대 문명의 발상지이기도 하다.

남미 지역(멕시코와 안데스 지역)은 거의 3천여 년 뒤쳐졌지만 역시 그들만의 나름 아날로그적 문명을 형성했었다.

고대와 중세와 근대와 현대로 진입한 후 시대를 이끌어 가던 이들이 모든 지구상의 지식을 갖춘 천재들이었던 시대가 있었다. 하지만 그런 아날로그의 시대는 모두 막을 내리고 말았다.

이제 모든 학문은 에이아이와 로봇이 대행했다. 변호사도 그리고 웬만한 의료진들 심지어 실제로 농사를 짓는 일과 낙농업까지도 모두 에이아이로 대체되었다. 그 덕에 빈번했던 의료사고가 99.99퍼센트로 줄어들었다.

특별시설에서 태어난 신생아들은 세례를 받는 대신 지구의 환경에 적응할 수 있는 시술을 받기 위해 커다란 튜브로 된 수술실로 옮겨졌다.

산소를 흡입할 수 있는 호흡기는 산소 없이도 생존할 수 있는 디바이스로 대체되었다. 사람들은 폐질환이 대세를 이루었던 끔찍한 암흑기를 지나왔고 그 후로부터 이런 대책을 마련하게 되었다. 공해와 산소의 고갈로 폐질환 환자와 폐암 천식 환자들이 인구의 칠 십 프로를 육박했다.

낭만에 대한 미련과 센티멘탈에 젖어드는 순간이 오면 사람들은 제일 먼저 물을 기억했다. 사위를 포근히 감싸주던 안개에 대한 아련한 향수와 그리움을 느꼈다.

물이 지구상에서 사라진 지도 오래되었다. 폐수가 흘러들어간 바다는 재생능력을 잃고 말았기 때문이다. 증발된 물들이 다시 비로 환원되지 않기 시작했다. 사전에서 물이라는 용어 대신 H2O란 기호로 대체되었다. 그 때쯤 사람들은 비타민 대신 H2O란 필에 의존하게 되었다.

더러 버려져 폐허가 된 도서관에서 뒹구는 오래된 로맨스 소설책을 뒤적이다 보면 그 안에는 강물이라던가. 꽃, 나무, 바다라는 용어가 등장했고 사람들은 그런 용어를 들을 때마다 웬지 가슴속 한 부분이 서늘해지곤 했다. 그들의 DNA 속에 이미 그런 기억들이 저장되어 있었던 것이다. 그들은 그 때마다 자신들의 삶이 한 순간 신비하게 느껴지는 눈부신 느낌을 받았다.

유연하며 어디에나 축축하게 스며들며 모든 지구상의 생물들을 자라게 할 뿐만 아니라 늘 햇살에 반짝이고 위에서 아래로 레이스 자락처럼 흔들리며 흘러내려 사람들에게 감동을 주었던, 그 흐르는 성질과 기온에 의해 천사처럼 위를 향해 증발하는 성질과 때가 오면 구름이 되고 비로 변신하고 바다로 흘러들던, 하얀 김이 서리고 기온이 내려가면 기온 따라 아름다운 꽃 같은 모양의 고체의 결정체로 결빙하는 물의 변화 과정이란 웬만한 작가의 상상력을 총 동원해도 쉬이 이해되거나 형상화해 볼 수 없는 대단한 과정이었다.

여기 있어

—

사람들은 모두 그런 숨 막히는 세월을 지나왔지만 어느새 아니, 어쩔 수 없이 적응되어 갔다. 이제 사람들은 누구나 추억을 좋아하게 되었다. 과거에 아무렇지도 않게 누렸던 일들 즉, 산책을 하며 비를 맞는 일, 헤엄을 치는 일, 나무 그늘에 앉아 보는 일.

　꽃의 향기와 자연의 아름다움을 만끽했던, 윙윙대던 벌들의 소리를 듣거나 나비가 나르는 모습을 보거나 새의 지저귐 소리를 듣던, 그런 모든 일들이 꿈결같이만 느껴졌다. 그렇다고 과거 지향형이 되어갔다는 것은 아니다.

　사람들은 거의 다 에이아이(artificial intelligence) 수준이었다. 에이아이들은 주관이 뚜렷하고 현명한 존재들이다. 그들은 오늘 하루 동안 정확히 무엇을 해야 하는지 어디로 가야하는지 이 삶 속에서 무엇을 지향해야 하는지 무슨 일이 일어나도 어떻게 대체해야하는지를 아는 신념과 좌표와 이상과 개성과 삶을 향한 과녁이 뚜렷한 존재들이다. 그들은 조화를 아는 이들이었다. 그리고 그들에게는 이미 모든 인간들이 갖던 부정적인 면들이 배제되어 있었다.

　모든 존재들은 자존감이 월등히 높았다. 그들은 자신감으로 꽉 차 있었다. 회의하거나 의심하지 않았다.

　우유부단함, 게으름, 나쁜 마음, 남을 의심하는 일, 오해라던가 남과 싸우는 일, 부당함, 폐쇄적인 경향, 무례함, 어리석음, 무딤, 감성, 슬픔, 외로움, 이기주의, 사랑, 기타 등등 모든 인간들이 갖고 있던 나약한 특성들이 배제된 삶을 사는 사람들이다.

에이아이들은 모두 수퍼맨 혹은 수퍼우먼들이었다. 미래주의자 들이었다. 그들은 오직 미래만 생각하며 살고 있는 이들이다. 하기에 그들은 미래를 위해서만 부단히 노력하는 사람들이다.

그들에겐 친구라는 개념이 없었다. 동지만이 있을 뿐이었다. 그들은 종교집단이란 개념을 모른다. 그들은 학교라는 곳을 가지 않는다. 그들은 이미 모든 것을 다 아는 이들이다. 그들은 개개인 모두가 현자들이다. 질투 원망, 비난 비애라는 개념은 그 사회에서는 있을 수 없었다.

일단 모든 존재들은 그 사회 속에서 평등했다. 위아래가 없었다. 부자도 없었고 가난한 이도 없었고 거지들도 없었다. 나라도 없었고 하기에 정치꾼도 없었고 대통령조차도 없었다.

그들은 모두 아름다운 마음의 소유자들이었다.

그들은 모두 아름다운 외모의 소유자였다.

전쟁에 대한 걱정거리도 없었다.

아무런 물질적인 걱정도 없었다.

여기 있어
—

그들의 DNA 속엔 모든 것이 들어 있었다. 날 때부터 만 권도 넘는 양의 사전 속에 있는 대 우주적인 지식이 그들 안에 고스란히 내재되어 있었다.

그들은 아리스토텔레스나 플라톤 알렉산더 대왕보다 현명했고. 아인슈타인 스티브 호킹보다 지성적이고, 공자 맹자 노자 장자보다 품위를 갖춘 유연한 사고방식의 소유자였다.

니체 괴테 토인비보다 더 진취적인 정신적 지도력을 가지고 있었고, 프로이드 칼 융 부처 예수 간디 달마라이 보다 더 인간들의 심층을 꿰뚫어 볼 수 있는 혜안을 지니고 있었다.

단지 그들은 모두 얼핏 보기에 같은 생김새를 가졌는데 그것은 오랜 세월을 살아오며 어쩔 수 없이 선남선녀에 대한 기준 즉, 사물을 잘 들어다 볼 수 있는 커다란 눈과, 고대 그리스의 올림픽에서 추구하던 곧고 바른 몸매, 미소를 머금고 있는 단아한 입술, 존엄과 자존심을 나타내는 우뚝한 코, 의지와 지혜를 나타내는 넓고 빛나는 이마 등, 오랜 역사를 거쳐 자연스럽게 진화되고 형성된 그 결과에서 오는 현상이라고도 볼 수 있었다.

비행기의 앞자리가 비어 있었다. 나와 동생은 비행사 뒤의 빈자리로 허겁지겁 달려가서 나란히 옮겨 앉았다. 비행기엔

아날로그의 꿈
—

승무원들도 없었고 오래된 버스처럼 덜컹거렸다.

"아! 정말 아직껏 이런 특별석에 앉아 본 적이 없었어!"

우리는 너무나도 기쁜 나머지 동시에 감탄사를 쏟아냈다.

비행사는 버스 운전사처럼 유니폼을 입고 있지 않았다. 나는 저 아래를 내려다보았다. 저 멀리 내려다보이는 도시와 강과 다리는 여전히 평화로웠다. 숱 많은 머리 같은 숲과 번화한 거리도 보였다. 갑자기 비행사가 레스토랑을 가야 한다고 우리를 향해 선언했다. 곧 이어 비행사는 나에게 한 레스토랑의 위치를 물어왔다. 나는 갑자기 '저기 도다이가 있다'고 이미 없어진 뷔페 음식점 이름을 기억해냈다. 비행사는 급작스런 랜딩을 시도했다. 나는 비행기가 착륙하는 도중 비행기 안에서 줄곧 들고 있던 보따리와 핸드백을 놓치고 말았다.

"아! 내 백! 내 짐!"

내 물건들이 지상으로 하염없이 떨어졌다. 길을 지나던 한 행인이 나의 떨어진 물건들을 집어든 후 사라져버렸다.

비행기에서 내린 후 우리는 계속 알 수 없는 도시를 헤매 다녔다. 내 동생은 줄곧 그런 나를 따라왔다. 무언가 이 상황이 이해가 안 됐고 이상했다. 속도 상했다.

"얘, 내 백 속에 크레딧 카드가 들어 있었는데……."

몇 번인가 되풀이 되는 내 말에도 동생은 아무런 반응을 보이지 않았다. 나는 화가 잔뜩 났다.

"어서 크레딧 카드회사에 전화를 해야 하는 것 아니니?"

나는 말을 하면서도 모든 상황이 이해가 되지 않았다. 왜 비행기 속이 꼭 버스 내부와 같은 건지…… 왜 비행사는 비행장이 아닌 아무 장소에서 불쑥 랜딩을 했으며 우리는 왜 이토록 거리를 무작정 헤매 다녀야 하는지…….

"젠장, 내 백과 물건들은 누가 가져 간 거지?"

가슴 속이 답답해왔다.

"언니, 지금 무슨 소리를 하고 있는 거야? 언니는 도대체 우리가 어떤 시대를 살고 있는지 알고나 있는 거야?"

나는 놀란 나머지 동생을 돌아다보았다. 나는 또 한 번 놀랐다. 동생의 모습이 어린 시절보다 훨씬 더 아름다웠기 때문이었다.

세상을 살아오며 찌들며 늙어갔던 흔적도 모두 사라지고 없었다. 건물 유리창에 비친 나의 모습도 내가 알고 있던 평소의 후줄근한 노파가 아니었다. 적어도 이십 년이란 세월의 흔적이 사라진 젊은 모습이었다. 나는 그 이유가 요즈음 먹고 있는 H_2O 필 때문이라고 생각했다. 물이 사라진 대신 요즈음 모든 이들이 찾고 있다는 바로 그 필이었다.

"소지하고 있던 크레딧 카드를 모두 버리라고 내가 몇 번이나

아날로그의 꿈
—

이야기했는데 언니는 아직두 그런 걸 가지고 다닌단 말이야?"

동생은 언제나처럼 나에게 따지듯 물었다.

"뭐라고? 왜? 그게 없으면 어떻게 하라고……."

"언니, 시대가 변했어요! 이젠 좀, 현실에 적응을 해보라
고……. 이제는…… 누가 누구를 속일 수도 없는 시대를 우리
가 살고 있는 거야!"

"?!"

"모든 장소에는 보이지 않는 인식기라는 게 장착되어 있어.
이 공기 속에도."

"뭐라구? 인식기?"

"언니, 보이지 않는 입자들로 구성된 신형 컴퓨터 구조물들
이 이 공기 속에 가득 차 있다니까."

"그럼……."

"맞아! 우리 자체가 바로 크레딧 카드인 셈이지."

"……."

"우리가 모르는 사이에 세상이 온통 바뀌어버린 거야! 우리
는 부정을 할 수도 없다니까……."

"아! 우리 안에 칩스를 집어넣는다더니 그럼 이미 그런 세상
이 온 거냐?"

"에구, 언니, 왜 그렇게두 몰라? 칩스는 우리 몸에 심어서

여기 있어
—

무얼 한다고……."

"그럼?"

"인식기엔 우리의 표정, 체취, 시선, 음성, 인상, 생각과 사상까지 모든 게 신분의 단서가 된다는 걸 몰라? 그러니 그 인식기는 우리가 어디를 가나 우리보다 더 잘 우리를 알아낼 수 있다니까?"

"!!"

"그러니, 이제 핸드백 같은 걸 들고 다닐 필요가 없는 시대가 된 거지."

"그럼, 내 자신이 바로 내 크레딧 카드고 증명서로군."

"맞아! 그동안 우리 몸의 모든 구조들이 알게 모르게 조금씩 필요에 따라 진화되어 왔으니……."

"자! 그럼 이제 비밀이 없는 세상이 되었네! 즉 내 프라이버시 말이야!"

"에구, 언니, 아직두 프라이버시 타령이야? 우리 사회 속에서 프라이버시가 다 어디 있다고……."

"내 비밀!"

"비밀은 무슨……언니, 옛날부터 아니, 100년 전부터도 유튜브에만 들어가 봐 얼마나 사람을 샅샅이 까발려놓는 세상이었는데…… 더구나 언니에 대한 그 알량하고 얄팍한 사항들은

아날로그의 꿈

—

더 이상 비밀사항 따위에 들지도 않아. 즉, 요즘 세상에서 아무의 관심거리도 되지 않는다고!"

"나도 알고 있어. 남들이 나보다도 훨씬 더 나를 알고 있는 세상을 살아 온 지가 얼마나 오래됐다고…… 정말 역겨워! 하지만 나의 프라이버시란 나만의 권리라는 내 생각에는 언제나 변함이 없다고."

"그래도 어쩔 수 없지 않아!"

나는 너무나 실망한 나머지 한숨을 푹 내쉬었다. 인간에게는 프라이버시란 게 절대적으로 있어야 한다는 나의 믿음은 아직까지 조금도 바뀌지 않았다. 바쁜 일상 속에서도 나는 잠시나마 나만의 공간에서 나만의 시간을 갖고 싶어 했다. 나의 생각이나 행동이 노출되는 것을 바라지 않는 시간을 소유하는 것은 모든 인간의 특권이며 누구에게나 그런 권리가 주어져야만 한다고 생각했다.

가끔 인터넷 속으로 들어가 보면 어떤 특정한 이들의 사생활이 필요 이상으로 노출되어 있는 것을 볼 때 나는 마치 야만인들의 사회와 마주한 것처럼 황당한 기분이 들곤 했다.

"인간은 왜 이리도 잔인한가?"

한탄이 절로 나왔다.

"도대체 왜 인간은 특정 인물들의 사생활이 그리도 궁금해

여기 있어
—

162

지는 걸까?"

한 인간의 경력을 통해 그 인간을 평가하는 것은 정말 엄청난 오류임이 분명했다. 가령 한 인물의 학력이 자신보다 낮다는 이유로 어떻게 그의 인격까지 자신보다 낮다고 유추할 수 있단 말인가?

한 인간의 살아온 도정을 일일이 파헤치며 옳거나 그르다는 잣대로 야유하고 비판하는 사회 현상이 이해가 되지 않았다. 잘못된 호기심은 한 인간의 꿈과 기쁨과 행복과 고뇌와 슬픔과 모든 소중한 시간마저 오해하고 말살시키는 행위임이 분명했다.

동생도 나에게 동의했다.

"맞아! 사람들은 너무 잔인해! 자신의 모든 삶을 추적당하고 공개당하고 비판당하는 이들이 정말 너무나도 가엾지."

"더구나 폐쇄되지도 않은 이 사회에 어떻게 이런 현상이 생겨났을까?"

"다 문명이 발달하고 매스 미디어가 발달한 탓이지."

"그럴까? 그럼 그건 분명 지독한 문명의 부작용 현상이야!"

"빛이 있으면 그림자가 따르게 마련이니까."

"그래도 난 싫어! 난 프라이버시가 없는 세상은 살기 싫다니까? 에구 끔찍해라! 내 그래서 일찍 죽었어야 하는 건데……."

아날로그의 꿈

—

"그러게 언니, 그때 그랬지 않아! 2030년까지만 살면 맘대로 죽지도 못하게 된다고."

아, 바로 그거였다. 이 시대는 모든 이들이 비행기를 타고 다니는 시대였다. 자가용 비행기거나 공용 비행기였다. 비행기들은 육지에서는 자동차가 될 수도 있고 물 위에서는 배가 될 수 있었다. 장거리라면 멀리 우주까지도 나를 수 있는 기능을 모두 갖추고 있어서 사람들은 누구나 그 자가용 비행기를 타고 어디든 갈 수 있었다. 따라서 모든 이들의 생활반경은 상상을 초월할 정도로 넓어졌고 자신의 세상 반경을 멀리 떠나 스스로도 알 수 없는 이상한 공간을 헤매고 있는 우주미아들의 수효도 점점 더 늘어만 갔다.

물론 자신이 있던 원래의 장소, 혹은 고향이나 본거지로 돌아갈 수는 있었다. 그러나 어느 곳에서나 풍족하고 편안한 삶이 보장되어 있는 만큼 사람들은 돌아올 필요성을 느끼지 않았고 자신이 살기에 편리한 곳에 머물렀다. 우주와 우주인들, 외계인들과의 교류나 그보다도 더 많은 모험을 체험하고 싶어했다.

눈을 떴다. 한 낮이었다. 깜빡 졸다 깨어난 나는 느릿느릿 부엌으로 가기 위해 층계를 내려왔다. 해는 벌써 발코니까지

들어와 기다란 그림자를 만들어냈고 티브이의 뉴스진들은 한창 낮 뉴스를 진행하는 중이었다. 부엌으로 갈 때 인공지능 기술에 관한 소식이 내 귀에 들려왔다. 농촌 고령화 시대와 기후 변화에 대비해 농촌의 생산을 위해 인공지능 기술이 농사의 일손으로 활용된다는 것이다.

'아, 어디를 가나 인공지능…….'

어디를 가나 고령화되어가는 사회의 모든 문제점의 해결책을 위해 인공지능이 화제에 오르곤 했다. 그러고 보니 꿈속에서 당연한 듯 내가 알던 모든 일들이 끔찍하게만 느껴졌다.

"아, 너무 싫어! 에이아이, 비행기, 내 핸드백! 인식기들이!"

정원 일을 하다 물을 마시기 위해 부엌으로 들어온 남편이 멀뚱거리며 나를 쳐다보았다. 아직 난 이런 아날로그의 삶이 편안하게만 느껴졌다. 그러나 문득 나도 모르는 사이 어느덧 내 주변에서 나를 참견하거나 재촉하는 삶을 살아왔다는 억울한 느낌이 들었다.

전화벨은 아무 시간대에나 울리며 나를 재촉하면 나는 그 전화를 받아야만 했으니 말이다.

나의 핸드폰은 삑삑거리며 나에게 오늘 오후 치과에 가야한다는 사실을 알리고 있다.

거리의 신호등 역시 필요에 따라 나를 세우거나 통과시켰다.

아날로그의 꿈

—

차를 운전할 때 내가 도달해야 하는 길을 안내해 주는 건 네비게이터이다. 네비게이터의 음성은 차분했고 조용했고 정확했고 감미롭기까지 했다. 내가 가는 길이 복잡한지 어느 길이 더 지름길인지까지도 목적지까지 틀림없이 귀띔해 주었다.

내가 시트 벨트를 착용하지 않은 것을 나보다 먼저 알아내고 나의 차가 안전을 빙자해 나에게 시트 벨트를 매라고 재촉한다. 전에 나는 시트 벨트를 하지 않고도 당연한 듯 운전을 했던 시절이 있었다.

마이크로웨이브 오븐은 음식이 다 데워졌다고 반짝이며 신호를 보내왔다.

내 주위의 모든 전자 물품들이 은근히 나를 책망하는 듯 재촉하는 듯 나에게 압력을 가해왔다. 나는 소스라치게 놀랐다. 그 모두가 나만의 유일한 공간을 헤집고 들어와 있는 내 삶 속의 에이아이들이었음을 깨달았다. 내 삶 속에 깊이 침투해 있는 편리와 도움을 빙자해 나의 삶을 엿보고 깊이 개입하고 있는 방해꾼들이었다.

난 이미 아날로그적인 꿈을 꾸며 향수병을 앓고 있었다. 지독한 만성 퇴행성 환자처럼. 매일 매일 계속되고 있는 나만의 증강현실 속에서 비틀거리며 헤매고 있었다. ⚹

여기 있어

—

여기 있어

너는 나에게 묻고, 나는 너에게 묻는다. 지금 우리 여기 있어? 있지. 나는 몸은 있는데 마음은 없어. 너는 마음은 있는데 몸은 없어. 아하! 없는 것 있는 것 바꾸면 하나가 되네. 여기 하나의 노래, 하나의 시가 있어

여기 있어

1

'꽝!'

무언가 부딪치는 요란한 소음에 이어 와르르 유리가 깨졌다. 거대한 지진이 일어난 듯 공포의 전율이 온 몸을 그으며 지나갔다.

아무런 생각이 끼어들 틈새가 없었다. 남편 켄은 내가 미처 타올이나 목욕 가운을 집어 몸을 가리기도 전에 순식간에 샤워실 문앞으로 진입했다. 켄의 거친 기세에 가뜩이나 덜컹거리던 부실한 샤워실 유리문이 굉음을 내며 부서졌다.

남편이 제정신이 아니라는 걸 감지하고 있던 나는 본능적으로 켄의 앞을 피해 나왔다.

다급했던 나머지 어떻게 벗어났는지는 기억에 남아 있지 않았지만 묵직한 슬픔이 무거운 고뇌의 쇳덩이처럼 마음을 짓눌렀다. 그의 앞을 벗어나는 순간 무언가에 온 몸으로 세게 부딪쳤고 그 여파로 몸이 얼얼 쑤셔 왔다.

여러 종류의 술병이 깨어져 나간 듯 집 안에서는 심한 위스키 냄새가 진동했다.

내가 재빨리 캔의 앞을 벗어나자 비틀거리며 나를 쫓아 나오던 켄이 갑자기 무너지듯 넘어지는 둔탁한 소음이 들려왔다. 그와 동시에 나는 아파트 밖을 향해 필사적으로 뛰쳐나왔다.

샤워 중이어서 켄의 갑작스런 기습을 막을 도리가 없었다. 켄은 이성을 모두 잃은 채 미쳐 날뛰는 한 마리의 짐승이었다.

집 안은 성한 물건이 하나도 없었다. 거울 하나 남아 있지 않았다. 켄이 술에 취하면 눈에 띄는 대로 던져버리거나 때려부셨고 아무거나 집어 들고 나를 때렸기 때문이었다.

켄에게 수없이 머리를 강타당했던 나는 비가 오는 날이면 머릿속부터 쿡쿡 쑤셔와 진통제와 두통약을 달고 살았다.

술에 취한 켄이 이성을 잃고 아파트 라비의 대형 유리문을

여기 있어

—

부서버려서 변상을 해주고 아파트를 쫓겨났던 적도 여러 번이었다. 한 번만 더 그런 일이 있으면 아파트를 비워 주겠다고 집주인과 약속을 하고는 매일 밤을 불안 속에서 보내며 살아야 했다.

나는 아파트 건너편을 향해 필사적으로 뛰었고 신디가 벌거벗은 채 자신의 집을 향해 뛰어오는 나를 보고는 놀라서 밖으로 뛰어나왔다.

"맙소사!"

신디는 입도 다물지 못했다. 신디의 아파트로 급히 들어가는 순간 내 벗은 몸 위에 커다란 담요가 푹 덮어 씌워졌다.

다행히 켄은 밖으로까지 나를 쫓아오지는 않은 모양이었다.

만약 켄이 넘어지지 않았더라면?

그에게 붙잡혔더라면?

지금쯤 나는 힘이 센 그의 손아귀에 부스러져 죽었을지도 모른다는 생각에 이르자 온 몸이 걷잡을 수 없이 덜덜 떨려왔다. 위아래 이가 서로 달달 부딪치는 소리도 들렸다.

"경찰이 곧 도착할 거야!"

언제 이웃들이 신고를 했던지 신디가 나를 안심시켰다.

그제서야 공포에 한껏 질려 있던 나의 두 뺨으로 굳어 있던 빙하가 녹듯 눈물이 줄줄 흘러내렸다. 나는 두 손으로 얼굴을

여기 있어

—

감쌌다. 죽음 직전의 상황을 빠져나온 안도의 눈물이었다.

"세상에! 이런!"

신디는 와중에도 내 어깨를 꼭 감싸 안아주었다. 공포에 질려 기절할 듯 떨고 있는 내가 가엾어 어쩔 줄 몰라 했다. 서로 바쁘게 사는 만큼 별 왕래는 없었지만 그래도 우리는 만날 때마다 서로 웃으며 안부 인사를 건네던 이웃이었다. 단지 함부로 개입할 수 없었을 뿐 이웃인 만큼 그녀도 그동안 우리 집에서 벌어지고 있던 기막힌 소동과 문제점들을 은연중에 눈치채고 있었을 터였다.

"괜찮겠어, 제니? 이게 무슨 일이야?"

어느새 달려 온 옆집 여인 헬렌도 거들었다. 헬렌은 나이 지긋한 중년여인이었다.

"도저히 그냥 넘어갈 수 없어!"

"나 역시! 이번만큼은 가만히 있지 않을 거야!"

"어떻게 해! 불쌍해서!"

내 손을 잡은 헬렌의 눈시울이 젖어들었다. 그들의 단호함에도 나는 아무런 할 말이 없었다.

"더 이상 참고 볼 수만은 없어! 이참에 그놈 혼줄을 내주어야 해!"

신디가 생각할수록 분하다는 듯 다시 부르르 온 몸을 떨었다.

여기 있어

—

"……"

"나쁜 놈! 세상에 이런 예쁜 아내에게 어떻게……."

헬렌이 내 얼굴의 상처를 들여다보다 두 주먹을 불끈 쥐었다.

헬렌은 평소에도 과자를 구워 이웃들에게 가져다주곤 하는 친절한 여인이었다. 군인 기지인 만큼 그들의 남편도 켄처럼 군인이었다. 풍족하지는 않았어도 그런대로 나날이 평화롭고 아기자기하게 살고 있었다. 그들 부부는 언제 보아도 다정해 보였다.

나의 입지의 해결책을 위해 변호사를 선정하는 등 경제적으로 여유가 없었던 나는 늘 일에 쫓기며 여유 없이 살아왔다.

이웃들처럼 집 주변을 산책하는 일도 없었다. 이웃들은 모두 나에게 친절했지만 사실 그동안 마음 놓고 이웃을 만나 이야기를 나눈 적도 없었다. 일에 쫓겼고 점점 술주정이 심해지는 남편 켄의 일로 마음고생이 말이 아닌 만큼 정신적 여유도 없었다.

켄과 결혼한 이후에도 역시 나에게는 고단한 나날이 이어졌을 뿐이었다. 켄과의 불화가 나날이 심해질수록 켄과 나는 심리적으로도 불안한 상태였다. 언제 터질지 모를 켄의 폭력에 노출된 나는 모든 것을 체념한 채 묵묵히 그 고통을 견디어 내며 살고 있었다.

이제 나는 탈진하고 말았다. 더 이상 버틸 힘이 없이 몸과 마음이 피폐해졌다. 지독한 감기가 면역력이 떨어진 몸을 덮친 듯 세상을 이겨낼 힘이 몸을 빠져나갔다. 나는 두 눈을 꼭 감았다.

결혼을 한 뒤부터 남편 켄의 본성이 모두 드러났다. 결혼이라야 남들처럼 면사포를 쓰고 식을 올렸던 것도 아니었다. 켄은 나보다도 훨씬 더 가난한 남자였다.

군 당국에 우리의 결혼 사실을 통보하기 전부터 해결해야 할 절차 역시 만만치 않았다. 변호사를 선임했고 변호사를 통해 나의 위장결혼 건부터 처리해야만 했다.

맨 처음 보컬 공연을 하러 미국으로 왔을 때 연예인 비자를 받았던 사실과 그때 우리 보컬팀의 스폰서를 서주었던 장 마담의 술집에서 도망쳐 나왔었던 사실은 누군가에 의해 신고되어 있었다.

위기에 몰린 상황에서 지프라기 잡듯 감행한 위장결혼. 린디의 꽤임에 넘어가 라스베가스에서 헌터라는 남자와의 위장결혼이 가장 큰 걸림돌이 되었다.

이 모든 사실을 알면서도 켄은 나를 믿어주었다. 내가 처해 있는 상황을 이해해주었다. 쾌히 내 보호자와 증인이 되어주었다.

'한국으로의 추방'

켄 덕분에 제일 두려워했고 피하고 싶었던 최악의 사태를 피할 수 있었다.

맨 처음 켄을 만났을 때 그는 내성적이고 유난히 수줍음이 많았지만 마음만은 넓고 관대한 남자였다. 나를 많이 이해해주는 켄과 결혼을 결심한 만큼 한때는 켄과 사랑에 빠졌었다. 하지만 시간이 갈수록 그가 우울증을 앓고 있는 심각한 알코올 중독자라는 사실이 표면으로 불거져 나오기 시작했다. 그의 중독증은 점점 더 심해져 위험한 상태에 이르렀다.

지금 이혼을 한다면 나는 다시 영주권을 받을 수도 없는 처음의 상황으로 돌아가야 할런지도 몰랐다. 그것은 바로 켄의 폭력에 수 없이 시달려 왔어도 아무런 조치도 취할 수 없었던 이유 중 하나였다. 하지만 이제 모든 문제들은 밖으로까지 모두 노출되고 말았다. 그로 인해 죽게 될지도 모르는 상황이었다.

직업군인인 켄은 계급은 낮았지만 성실한 만큼 진급의 기회도 있었고 급료도 조금씩 좋아지는 상황이었다.

"나는 언제나 차별을 받아 왔어! 사람들이 나를 괄시했단 말이야!"

여기 있어

—

175

켄의 모친은 종일 부유한 집을 왕래하며 메이드로 일을 해야 했다. 부친 역시 뼈가 부서지도록 농장에서 노동을 했다. 그래도 일곱 형제들은 늘 가난에 허덕였다. 그는 군대에 들어갈 때까지 제대로 먹지도 입지도 못한 채 살았다.

영어가 어눌했던 만큼 켄은 어릴 때 학교에서 놀림도 많이 받았다. 못 가지고 억눌렸던 울분이 어느덧 그를 술에 탐닉하게 했다.

"나도 사람이야! 너희들하고 똑 같단 말야! 흥!"

술만 취하면 그는 어떤 자신 만의 환청에 시달리며 괴로워했다. 그러다 갑자기 함께 있던 나에게 손가락질을 하며 대들었다. 소리를 질러댔다. 느닷없이 자해를 하며 피를 흘리기도 했고 아무거나 집어 내 얼굴을 향해 내던졌다.

술에서 깨어나면 그는 전혀 다른 사람으로 돌변했다. 자신이 연출했던 지옥을 전혀 기억해 내지 못했다.

그래도 상황이 심각한 사안인 만큼 그는 나와의 문제점들을 직면하지 못하고 피해버렸다.

늘 켄에게 맞아 피멍이 들고 퉁퉁 부어오른 내 얼굴, 갈기갈기 찢겨진 커튼과 옷들, 산산조각이 난 식기와 유리의 파편들, 망가져서 넘어져 있는 수납장을 내려다볼 땐 스스로도 어처구니없다는 듯한 표정이 되었다. 상황을 이해하지 못해 당황해

여기 있어

—

했다. 켄은 이런 극한의 상황을 몰아온 것에 대해 감히 미안하다는 말도 꺼내지 못했다. 어제 밤부터 끊어진 필름을 이어보려 애쓰는 기색을 보일 뿐이었다.

신디가 가져다 준 드레스는 터무니없이 커서 어깨가 다 드러났지만 그런 걸 따질 겨를이 없었다.

"커피를 끓여 올게."

신디가 내 어깨 위로 드레스를 당겨 준 뒤 자리를 떴다.

채광이 잘 드는 거실. 환히 스며든 빛이 탁자 위의 꽃병 주변에서 어른거리다 부드럽게 부서졌다. 푸른 유리 화병 가득 부서지는 빛의 프리즘 속에 꽂혀 있는 하얀 장미가 나의 마음을 평온하게 해주었다.

꽃이 꽂힌 아늑한 실내와 밝은 채광의 집을 얼마나 부러워해왔던가?

갑자기 두꺼운 유리잔을 눈에 댄 것처럼 시야가 뿌옇게 흐려졌다.

2

나의 어린 시절에는 언제나 복선이 언니가 있었다. 복선이는 우리 집에서 함께 살던 도우미였다. 어쩌다 내가 울기라도 하면 복선이 언니는 나를 업어주고, 잘 때는 자장가를 불렀다. 브람스나 슈베르트의 자장가가 아니었다. 자기 스스로 지어낸 엉성한 팔자타령 같은 자장가였다.

'가자 가자 어서 가자 우리 제니 함께 가자…… 예쁜 옷도 갈아입고……'

아니, 그녀의 노래는 자장가라기보다는 스스로의 구질구질한 삶에 대한 신세타령일 때가 대부분이었다.

"우리 제니는 우찌 이리도 예쁘겠노?"

복선 언니는 나를 씻겨주었고 먹을 것을 주었고 언제나 깨끗한 옷을 입혀주었다.

"머리도 보드랍고 이쁜 기이 꼭 금실 같다 아이가?"

복선 언니는 집안일도 말없이 잘 했다. 나는 어린 시절 복선 언니의 보호를 받으며 그 언니의 보살핌 속에서 컸다. 시집을 갈 때까지 우리와 함께 살았던 복선이 언니가 나의 먼 친척뻘이라도 되는 줄 알았다.

나는 순박한 복선 언니가 좋았다. 그만큼 정이 들어 있었다. 집안이 가난했던 데다가 딸이 여럿이었던 복선이 언니의 집에서는 딸들을 모두 남의 집으로 보냈다. 끼니라도 해결해 주기 위해서였다고 했다. 그런 연유로 어릴 때부터 일찍 지방에 있던 집을 떠나 남의 집에 살러 온 외로운 복선이 언니는 혼혈인 나를 측은하게 생각하며 모든 정을 쏟았다.

나에겐 가족으로 느껴졌던 복선이 언니가 떠난 후부터는 모든 일을 스스로 해야만 했다. 엄마는 언제나 분주했다. 엄마는 이웃의 엄마들과는 달랐다. 종일 집안일을 하고 아이를 키우고 장을 보며 사는 후줄근하고 수수한 그런 여인네가 아니었다. 머리를 위로 올리고 반짝이는 이어링을 달고 몸매가 드러나는 옷을 입고 하이힐을 신은 엄마의 요란한 차림새와 짙은 화장과 향수냄새는 예사롭지 않기도 했다. 하기에 엄마는 늘 이웃들의 시선을 집중시켰다.

"니는 이담에 크면 꼭 미국에 가서 살그레이."

복선이 언니가 나에게 말했다.

"미국이 어딘데?"

"거긴 아주 살기 좋은 디라 카더라. 마, 날씨도 따습고 맛있는 것도 많다 카이! 내도 그기에 가고 싶데이……."

복선이 언니의 말이 아니라도 점점 커 갈수록 나는 미국이 나에게 가장 잘 어울리는 곳이라고 생각해 왔다. 나의 반쪽은 미국인이라는 사실도 벌써부터 알고 있었다.

물론 나는 엄마를 많이 닮았다. 나의 피부와, 유난히 작은 눈 역시 엄마를 닮았다. 그러든 어떻든 나는 어쩔 수 없이 혼

여기 있어

—

혈이라는 손가락질을 받아야 했다.

나의 첫사랑 훈이 오빠만이 나를 전형적인 한국여인으로 보아주었다. 그러나 그 오빠도 끝내 결혼이야기만은 꺼내지 않았다. 나를 자신의 부모에게 데려가 본 적도 없었다. 자랄수록 내 피부는 점점 희어졌고 머리카락도 갈색 곱슬머리로 변해갔다.

"너 때문에 내 신세를 망쳐버렸다."

엄마에게는 언제나 술 냄새가 났다. 엄마는 술만 취하면 아빠를 향해 온갖 욕설을 퍼 붓곤 했다.

"그 자식이 나를 미국으로 데려간다고 해 놓고 저 혼자 도망가버렸어!"

사실 아빠는 미국으로 떠난 이후부터 엄마와 소식도 모두 끊어버렸다. 엄마는 아빠를 찾기 위해 편지를 보내거나 백방으로 수소문해 보았지만 아빠를 찾을 길이 없었다. 엄마는 아빠의 성도 이름도 제대로 몰랐다. 그래서 성이 없는 나는 엄마의 성을 따라야 했다.

아빠를 잃고 갈 곳을 잃은 엄마의 들끓는 증오의 눈초리는 늘 나를 향하기 마련이었다.

파주에 있는 부대 부근에서 근근이 살아가던 가난한 집 딸

엄마는 집으로 돌아오던 밤길에 한 미군에게 강간을 당했다. 갈대밭에서 들려오는 엄마의 비명 소리는 아무도 듣지 못했다. 기차 길로 이어진 갈대밭에서 그날 밤 엄마의 울음소리를 닮은 기차의 기적 소리만 오래도록 이어졌다.

술에 취해 축 늘어져 있는 엄마의 추한 모습을 볼 때마다 나는 싫은 마음이 들끓었다. 제발 술 좀 안 마시면 안 돼. 내 눈에 비친 엄마의 모습은 술 마신 만큼 천박했고 도전적이었다.

엄마는 내가 어릴 때 넘어졌어도 한 번도 직접 나를 일으켜 준 기억이 없었다. 네 일은 네가 알아서 처리하라는 식이었다.

엄마는 자주 이사를 다녔다. 나중에야 그 이유가 엄마의 직업 때문이라는 사실을 눈치채게 되었다.

"피는 못 속인다더니."

엄마는 점점 노랗게 변하는 내 머리와 흰 피부를 바라보며 말을 잃었다. 난 엄마 덕분에 대학을 다닐 수 있었고, 다른 아이들 엄마와는 달리 AFKN 방송만 듣는 엄마 덕분에 영어도 잘할 수 있게 되었다.

철이 들기 전까지는 다른 애들에게 아빠란 게 있는 줄도 몰랐다. 군복을 입은 서양인들을 모두 아빠라고 부르던 어린 시절도 있었다. 아빠란 게 그저 우리 집을 드나드는 남자들인 줄

여기 있어

—

로만 알았다.

여학교에 다닐 땐 언제나 내 친구들에게 그런 엄마를 들키게 될까봐 두려웠다. 친구들과 쉬 친해 질 수가 없었다. 버스에서 만난 친구의 집이 나와 같은 방향일 땐 친구와 함께 걷게 되는 게 두려워서 버스에서 내리자마자 집을 향해 뛰기 시작했다.

"나도 어제 버스에서 너와 같은 정류장에서 내렸는데……도대체 어느 길로 갔는지 너를 찾을 수 없더라……."

친구들 중엔 평소에 나와 가깝게 지내는 애도 몇 명 있어 그들은 그런 나를 못마땅해 했다. 하지만 나는 아무에게도 내가 사는 곳을 알려주고 싶지 않았다. 아니, 알려 줄 수가 없었다.

나이가 오십이 가깝도록 생활 방식을 바꾸지 않는 엄마를 생각하면 한 없이 걱정이 되었다. 때로는 여인들 여러 명이 우리 집으로 몰려오곤 했다. 엄마보다는 더 나이가 들었는지 늙수그레해 보이는 여인들이었다. 우리 집을 찾아온 그들은 신발을 벗지도 않은 채 집 안으로 뛰어들어왔다.

"내 돈, 어서, 내 돈 내놔! 그게 어떻게 모은 돈인데?"

그들은 엄마를 보자마자 소리를 지르며 엄마에게 달려들었다. 사채 아줌마들이었다. 엄마는 종종 사채 아줌마들에게 머리채를 잡혔다.

과거에는 엄마처럼 살아왔지만 그렇게 뼈가 부서질 만큼 죽

여기 있어
—

182

도록 돈을 모아 사채놀이를 하고 있는 악착 같은 사채 아줌마들이었다. 그런 여인들에게 빚을 진 엄마이니 그들에게 곤욕을 당하는 일이 점점 더 잦아졌다. 엄마는 아무리 머리채를 잡히고 욕을 먹고 뺨을 맞았어도 눈 하나 깜빡이지 않았다. 오히려 그들에게 대들었다.

"너희들, 서로 같은 처지에 나에게 이렇게 해도 돼?"

마치 자신의 처지가 그들 때문이기라도 한 것처럼 엄마는 오히려 당당했다.

늙어갈수록 한 해 한 해 엄마의 벌이도 신통치 않아 한껏 빚에 쪼들렸다. 그래도 나는 엄마를 걱정하지 않았다. 내가 보기에 엄마는 시궁창에서 더 줄기차게 돋아 오르는 독초 같은 여인이었다. 지독스럽고 강인한 여인이었다.

여자들이 좀처럼 화장을 하지 않는 시대였는데도 엄마는 언제나 얼굴에 덕지덕지 화장을 했다. 엄마는 늘 미장원에서 많은 시간을 보내는 여인이었다. 머리를 위로 올리고 다니는 자그마한 몸집의 엄마는 나이보다도 훨씬 젊어 보였고 누구보다 화려하고 요염했다.

엄마가 외출한 후 오래도록 집에 돌아오지 않았다. 늘 그렇듯 괴괴하게 가라앉은 적막 속에 오래도록 남겨져 있었지만 나의 마음은 오히려 편했다. 엄마는 언제나 문을 꼭 잠그고 다

넜으니 그럴 땐 부엌에도 엄마의 침실에도 갈 수 없었다.

'엄마는 무엇 때문에 언제나 문을 꼭 잠그고 다녀야 할까?'

하는 수 없이 나는 기거하는 문간방에 덩그마니 놓인 낡은 교자상 위에 엎드려 밀린 숙제를 하거나 낙서를 하거나 라디오에서 흘러나오는 뉴스나 음악을 들으며 시간을 보냈다.

엄마는 아무 소식 없이 며칠이고 집으로 돌아오지 않을 때도 많았다. 나는 며칠이고 엄마를 기다렸다. 쫄쫄 굶고 배가 고파도 어쩔 수 없었다.

대문에서 딸깍 열쇠를 따는 소리가 났다. 무엇에 그리도 화가 나 있는지 입을 꼭 다물고 시무룩한 엄마의 모습이 나타났다.

"엄마 아!"

나는 너무도 반가워 엄마를 향해 뛰어갔지만 엄마는 나는 쳐다보지도 않았다. 나라는 존재에는 관심조차 없다는 듯 아무 말도 없이 뚜벅 뚜벅 집안으로 들어갔다.

"엄마! 배고파!"

나는 엄마를 쫓아 엄마의 방이 있고 부엌이 있는 집 안쪽으로 따라 들어갔다. 미로 같이 가파르게 꺾어지던 복도 끝에 있는 엄마의 침실이 보였다. 엄마가 침실 문을 열었다. 향수 냄새와 술 냄새와 며칠 동안 공기와 차단되었던 실내에선 짙은 곰팡이 냄새가 진동했다.

여기 있어

—

엄마는 닫혀 있던 창문을 활짝 열었다. 쏟아져 들어온 현란한 빛의 프리즘이 삽시간에 엄마의 방에서 사방으로 흩어졌다. 행인들이 엄마의 방을 흘낏거렸다.

뿌연 담배 연기가 가득한 침실의 풍경이 비현실적으로 내 앞에 펼쳐졌다.

내 기억 속의 분홍빛 침대 위에는 늘 커다란 몸집의 고릴라 아저씨가 나체로 누워 있었다.

입고 있던 옷을 모두 벗고 침대로 다가가던 엄마는 자그맣고 통통한 나체 위에 핑크빛 가운을 걸쳤다. 새빨간 매니큐어를 칠한 손가락으로 느리게 말보로 담배를 꺼냈다. 고릴라 아저씨가 일어나 엄마에게 다가가서 엄마의 손가락 사이의 담배에 천천히 불을 당겨주었다.

나는 너무나 배가 고팠다. 더 이상은 기다릴 수 없었다. 현기증이 났다. 사방에서 엄마가 좋아하는 향수 냄새가 진동했다. 샤넬 넘버 파이브였다. 나는 속이 뒤틀리고 어질어질해졌다. 핑크빛 커튼도 침대보도 벽지도 모두 헐떡이며 일시에 나에게 달려들 것만 같았다.

"왜 그러냐? 어서 썩 내 앞에서 사라져버려! 어서 썩 문을 닫고. 어디 가서 죽어버려!"

엄마의 악담과 재촉에도 나는 멍하니 입을 멀린 채 그들을

여기 있어

—

185

바라보며 엄마의 침실 문앞에 서 있었다.

술에 취한 날이 잦아진 후부터 엄마는 더 이상 문을 닫아 두지도 않았다. 세상의 일들이 이제는 더 이상 다급하게 엄마의 목을 조이고 있지 않는 것 같았다. 엄마는 이전의 엄마가 아니었다. 문득 어리던 나를 데리고 바다를 보러 가던 기차 안에서 내 귀에 대고 나에게 어디론가 함께 떠나 머언 곳으로 여행을 하며 살자고 속삭이던 그런 엄마가 아니었다. 창문을 열고 나와 함께 밤하늘의 별을 바라보며 돈을 많이 벌어 잘 살고 싶다는 꿈을 속삭이던 그런 엄마가 아니었다.

내가 돈을 달라고 해도 밥을 달라고 해도 언제나 나사가 빠진 듯 느리게 반응했다.

"어서 네 방으로 꺼져버려!"

엄마는 나에게 소리를 지르다가도 의외로 나에게 다가와 내 얼굴 위에 담배 연기를 훅 내뿜을 때도 있었다. 그건, 그건, 내가 아주 어릴 때 술에 잔뜩 취해 있던 엄마가 나에게 귀엽다고 보내는 사랑의 제스튜어 일 때도 있었다.

엄마는 매일 밤 부엌 조리대 대신 동네의 목수가 임시로 개조한 조잡한 바의 삐걱이는 의자에 앉아 스카치를 병째로 마셨고 담배를 피워댔다. 그때가 엄마의 기분이 최고조일 때였고 가장 행복한 순간이란 걸 어린 나 역시 감지할 수 있었다.

여기 있어

—

그러고 보니 엄마는 한 번도 나에게 배가 고프냐고 물어 보지 않았다. 아무리 배가 고프다고 호소를 했어도 아무 표정이 없었다.

"이거 들고 빨리 네 방으로 들어가 있어!"

언젠가처럼 손님이 찾아오면 급히 냉장고 문을 열고 우유와 빵을 꺼내주며 나를 쫓아내려고 하지도 않았다. 방문을 쾅 닫아버리거나 잠그지도 않았다.

엄마는 이제 더 이상 어린 딸 앞에서 수치스러움도 무언가 감추어야 할 일도 없다는 듯 당당했다.

그럴 때 나는 할 말이 모두 목구멍 안으로 꿀꺽 삼켜졌다. 더 이상 내가 당면한 현실을 외면 할 수도 없었지만 그걸 이겨 낼 수도 없게 되었다. 그저 엄마가 미웠다.

'나는 왜 이런 세상에 태어났을까?'

끝없는 의문과 자괴감에 빠져들었다. 나의 사춘기는 속력을 한껏 늦춘 고장난 기차처럼 느리게 지나갔다.

3

대학을 다니기 훨씬 전부터 버릇처럼 라디오를 켰고 팝송을 홍얼거렸다. 경쾌하게 흐르는 외국의 여러 가수들의 팝송을 좋아했다. 유행하던 반전류의 시적인 노래의 가사들에 흠뻑 빠져들었다.

사이먼 가펑클의 '침묵의 소리'와 함께 자연의 신비에 빠졌다. 보이지 않는 또 하나의 상징의 세계가 내 앞에 활짝 열리기 시작했다. 그것은 비가시적인 내면의 세계였다.

절망에 빠져 있었던 나에게 열려진 음영의 새로운 세계는 보이지 않는 바람의 은은한 향기를 맡게 했다.

누군가 우리 집에 버리고 간 낡은 기타를 벽장에서 찾아내어 기타의 줄을 조율하기 시작했다. 기타 줄 위에 비밀처럼 자잘하게 웅크리고 있는 또 다른 음률의 세계를 찾아냈다. 기타는 나의 삶에서 가장 큰 위로였고 위안이었다.

엄마에겐 매일 지독한 술 냄새가 났다. 술주정도 날이 갈수록 심해졌다.

"고생해서 대학까지 시켜놓았더니!"

엄마가 방문을 확 열어 젖혔다. 엄마는 늘 방문을 꼭 닫은 채 늘 기타를 안고 홍얼거리는 나를 못마땅해 했다.

"나두 이제는 지쳤어! 너도 밥벌이를 할 때가 되지 않았니? 언제까지 내가 널 먹여 살려야 한단 말이냐? 언제까지 빈둥댈 거냐?"

여기 있어

—

188

나날이 도전적이 되어가던 엄마가 잔뜩 취해 고릴라 아저씨에게 대들었다. 고릴라 아저씨가 나에게 농담을 던진 게 화근이었다.

엄마는 고릴라 아저씨가 은근히 나에게 눈길을 던지거나 이야기를 건넬 때마다 오히려 나를 질투했다.

그 날도 엄마는 질투에 눈이 멀어 고릴라 아저씨의 얼굴에 술병을 내던졌고 가뜩이나 가늘고 허약한 엄마의 갈비뼈가 부러지는 사고가 났다. 그 사고 이후 그나마 밥줄이던 고릴라 아저씨는 발길을 끊고 다시는 오지 않았다.

"내가 밖을 나가 봐야 할 텐데……."

아무도 엄마를 찾지 않았다. 앓으며 몸져 누운 엄마와 나는 먹을 게 없어 며칠을 굶는 날이 많아졌다.

나는 무기력한 내 자신이 싫어졌다. 배가 고팠던 나는 견디다 못해 거리를 돌아다녔다. 은성한 거리는 여전히 인파로 들끓었다. 고기 굽는 냄새, 음식 냄새가 진동했다.

발길 닿는 대로 걷다 전봇대에 붙어 바람에 날리는 오디션 안내를 보게 되었다. 더 이상 굶지 않기 위해 무작정 오디션에 도전했다. 오디션에서 나는 깜짝 놀랐다. 말로만 들어왔던 유명 연예인들을 만나게 되었다.

면접이 끝나자 그들이 모여 한동안 나를 힐끗거리며 쑥덕거

여기 있어
—

리다 합의점을 본 듯 오디션이 있는 방으로 안내를 했다.

　나는 기타를 들고 내가 좋아하는 엘비스의 노래 한 곡을 불렀다. 평소에 부르던 내 식으로 감미롭게 편곡된 노래였다. 내 노래를 다 듣고 난 사람들이 갑자기 손뼉을 쳤다.

　"음, 발음도 아주 좋은데?"

　누군가 말했다.

　"기타는 누구한테 배웠지?"

　"혼자서 익혔는데요."

　"그래도 제법 코드를 정확하게 잡는데……."

　"학교는 어디를 다니지?"

　"B대를 다니고 있어요. 이제 곧 졸업할 예정이에요."

　나에게 질문을 했던 중년 남자가 고개를 끄덕였다.

　"이제 우리 세대와는 달리 다음 세대에는 영어도 좀 할 수 있고 그러기 위해 대학 공부도 좀 한 실력 있는 가수 지망생을 뽑아야 해! 그래야 미래도 보이고 외국으로 돌아다녀도 부끄럽지 않은……그런 시대가 곧 올테니까……."

　누군가가 말했다.

　그들은 나에게 노래를 배운 적이 있느냐고 배웠으면 누구에게 배웠느냐고 물었지만 나는 혼자서 배우는 중이라고 사실대로 말했다.

여기 있어

—

190

"그럼 우리도 기타리스트가 한 사람 더 필요하니까 이 학생은 일단 그 기타의 대타로 써 보지요."

중년 남자가 쾌히 나를 받아주었다.

"감사합니다!"

나는 너무나 기쁘고 고마워 그에게 몇 번이고 고개를 숙였다.

그가 누군지 생각이 나지 않았지만 그 당시의 유명한 작곡가들 중 하나였다.

"인물도 좋고 스타일도 그만하면 장래성도 있겠네!"

누군가가 나를 칭찬해주었다. 세상에서 누군가에게 처음 들어본 칭찬이었다.

기타리스트로 인정을 받게 되었다. 온 세상이 나를 향해 춤을 추는 것 같았다.

오디션은 미팔군의 쇼에 나타나기로 한 가수가 나타나지 않았을 때 대타로 무대를 잠시 채워주는 역할을 찾기 위한 고육지책의 임시 오디션이었다.

나는 그 날 수월하게 일자리를 찾을 수 있었다.

정식 오디션이었다면 아마도 너무나 많은 신청자들이 모여드는 나머지 나에게까지 기회가 오리라고는 장담할 수 없는 상황이었다.

미팔군 쇼에서 유명해지면 덩달아 라디오 방송에서도 공연의 요청이 늘어나게 되었다. 유명한 가수들은 여기저기에서 공연 요청을 받거나 외국으로 장기 공연을 가는 일도 빈번할 때였다.

그들이 미팔군의 공연을 취소하는 일이 종종 생겼다. 처음에 나는 그런 이들의 빈자리를 채워 공연을 하고 돈을 벌 수 있었다. 그들 유명인들의 덕을 많이 보았던 셈이다.

대학을 졸업 한 후에는 일을 더 많이 할 수 있었다. 공연의 횟수가 늘어나고 수입도 자연히 늘어났다. 현저하게 수입이 줄어들던 엄마에게 생활비도 내놓을 수 있게 되었다.

나의 기타연주를 의외에도 많은 유명 가수들이 긍정적으로 들어 주었다. 나의 기타 실력은 점점 높이 인정을 받았다. 이름만 듣던 유명 가수들과도 공연을 하게 되었다.

"네 인물이 그렇게 출중한데 왜 이 바닥에서 합격이 안됐겠니?"

그곳에서 알게 된 드럼 언니가 묘한 얼굴로 말했다. 드럼 언니는 늘 새침한 얼굴로 가슴에 E대 뱃지를 달고 다녔다. 드럼 언니는 엉뚱하게도 혼혈인 나를 부러워했다.

여기 있어
—

키다리라고 불리던 작곡가가 무대 뒤로 찾아왔다. 역시 천재 작곡가란 명성답게 단호했다.

"내가 너희들을 키워 줄께."

오디션에서 합격한 대학 졸업생들인 우리들은 그곳에서 제법 좋은 대우를 받았다. 대부분 음악 이론을 알고 있는 실력이 있는 우리들을 주변의 음악인들이 은근히 탐내고 있었다.

그는 평소에 눈여겨보았던 나와 드럼 언니, 그때는 드물게 대학에서 피아노를 전공한 키보드 언니와 성악전공의 가수 언니를 모아 사인조 보컬을 만들었다. 마침내 스튜디오로 불려간 우리 사인조 보컬의 피나는 연습이 시도 때도 없이 이어졌다.

우리는 일하며 번 돈 중에서 얼마간의 레슨비 같은 명목으로 떼어 우리를 키우는 그에게 바쳐야만 했다. 그 세계는 알다가도 모를 이상하고 좀처럼 이해가 되지 않는 가상의 세계 같은 곳이었다.

그나마 그 돈마저 낼 수 없었던 가수 언니가 곡을 받기 위해 줄곳 그 작곡가에게 자신의 몸을 오롯이 던져왔었다는 사실은 나중에야 알게 되었다.

"가수 언니가 출세하기 위해 엉뚱하게도 그 작곡가의 부인 자리를 탐냈던 거야!"

여기 있어

—

나중에 드럼 언니가 말해 주었다.

부친의 부도로 부양해야 하는 가족의 수가 많아 늘 허덕이던 가수 언니는 결국 우리의 일행에서 빠져 나갔고 대신 작곡가와 함께 명성을 날리기 시작했다. 그녀가 엄청난 수입을 올리고 있다는 소문이 뒤따라 왔다.

4

그날 밤 연주가 끝난 후 모두들 지쳐서 무대 뒤로 들어갔을 때였다.

그곳에서 한 여인이 우리를 기다리고 있었다. 우리의 공연을 관람하고 있던 장 마담이란 여인이었다. 여인은 우리를 보자 피우던 담배 연기를 길게 내뿜으며 말했다.

"너희들 청춘도 알고 보면 아주 잠깐이야! 니들 언제까지 여기서 이러고 있을 거냐!"

세련된 용모에 번쩍이는 장신구, 한국에서는 찾아볼 수도 없는 고가의 이국적인 패션의 의상을 휘감고 있는 장 마담이란 여인은 자신이 그 막강한 Q이벤트사의 대표라고 소개하며 단번에 분위기를 제압했다.

그날 우리들에겐 장 마담에게 스카웃되었다는 꿈 같은 일이 일어났다.

Q이벤트사에서는 한국과 미국의 웬만한 쇼는 모두 다 주무르며 주최하고 있었다. 그런 만큼 장 마담이란 존재는 그 바닥에선 대단한 실력가라는 소문이 자자했다.

그러나 그건 단지 우물 안 개구리 같은 서울 사람들의 생각이었지 그 진위는 알 수 없었다. 하지만 확실했던 건 그 당시 모든 연예인들이 그녀에게 스카웃이 되고 싶어 안달을 한다는 소문이었다.

일각에서는 우리를 시기 질투하며 부러워하고 있다고 우리의 매니저 역할을 도맡고 있던 작곡가가 전해주었다. 어쨌든 우리에게는 기적 같은 일이 일어난 셈이었다. 우리의 연주를 본 그녀가 우리에게 미래가 보인다며 미국행을 제의해 온 것이었다.

장 마담은 한 눈에도 사람들의 시선을 끌만큼 세련된 여인이었다. 화려한 외모의 소유자였다. 나이가 무색할 만큼 얼굴도 몸매도 모두 아름다웠다. 그러나 그녀 역시 산전수전 다 겪은 거친 여인일 뿐이었다.

그녀에 관한 현란한 소문들이 주간 잡지에 실리곤 했다.

현재 Q이벤트사의 대표. 과거 소공동의 바걸 출신. 조연이었지만 잠시 배우를 한 적도 있음. 연기보다는 감독들과 염문이 많기로도 유명함.

그녀는 연예계에서 성공을 거두지 못하자 미군 장교와 국제결혼한 후 미국으로 건너갔다. 그 후에도 여러 번 결혼과 이혼을 반복했고, 현재는 미국에서 술집을 경영하고 있다.

엄마의 방문은 세상에서 제일 서럽고 현란하고 슬픈 문이었다. 다시는 열고 싶지 않은 문이었다. 미국행을 결정한 나는 마지막으로 그 문을 닫았다.

"그래, 네 뜻대로 너만은 성공해라. 제발. 넌 똑똑한 아이니까."

엄마는 잔뜩 취한 채 침대에 너부러져 전송도 하지 않고 그 말만 내뱉았다.

집을 나오면서 나는 나의 문간방은 다시 돌아보지 않았다. 그 장소를 벗어나게 되는 사실이 너무나도 기뻤다. 들고 나온 나의 짐도 달랑 낡은 옷가지가 든 작은 보퉁이와 기타 하나 뿐이었다.

딸이 언제 돌아 올 수 있을는지 기약 없는 길을 떠난다고 해도 엄마는 왜? 누구와? 어떻게 떠나는지. 언제 돌아오게 되는지? 더 이상 아무것도 알려고 하지 않았다.

여기 있어
—

한국을 떠나 올 때 나는 눈물을 흘리지 않았다. 다만 비행기의 트랩을 오르며 성공하지 않으면 절대로 한국에 돌아오지 않으리라고 굳게 결심했다.

5

나는 신경을 곤두 세웠다.

드럼 언니와 남자의 실체가 부각되는 순간이었다. 돈이 없어 함께 아파트를 쓴다던 드럼 언니의 룸메이트가 결국 그녀가 사랑하는 남자임이 드러났다.

"저 기타리스트를 하필이면 왜 이 비좁은 곳으로 데리고 들어온다는 거냐!"

"사정이 그러니 좀 봐주라!"

드럼 언니가 남자에게 속삭이는 소리가 엉거주춤 문 뒤에 서 있는 내 귀에까지 선명하게 들려왔다. 드럼 언니의 동거남 철수의 투덜거림이 아니더라도, 그곳이 형편없는 빈민가라는 건 한 눈에도 알 수 있었다. 비가 셌던지 천정에는 누런 얼룩들이 제멋대로 추상화를 그려놓고 있었다.

내가 통기타와 비닐봉지에 든 초라한 짐 보통이를 거실에

여기 있어

내려놓을 때부터 보여주었던 그의 못마땅한 눈초리가 모든 것을 증명해 주었다. 그러나 나는 쫓기는 몸이었다. 이것저것 따질 여유가 없었다.

"여기서 며칠만 숨어 있어. 아무도 못 찾을 테니!"

그러나 한 달이 넘도록 나는 밤마다 그 거실의 소파 위에서만 뒤척거리고 있었다.

드럼 언니가 숨을 죽이면 죽일수록 남자가 조심하면 할수록 내 귀에는 그들의 육체가 맞물린 소리마저 선명히 전달되었다.

아파트는 턱없이 비좁았다. 방과 거실은 너덜거리는 비닐천으로 된 칸막이 하나만 엉성하게 걸려 있었다.

드럼 언니의 아파트로 들어 온 이후부터 나는 매일 거대한 소리의 교향곡 속에 갇혀 지냈다. 드럼 언니의 방뿐만이 아니라 사면의 벽과 천정과 아래층과 아파트 전체가 그 소리의 음향으로 인해 휘청거렸다.

옆집과 붙어 있는 벽 쪽에서도 싸움이 났는지 간간이 쿵쿵대는 소리와 무언가 던지는 둔중한 소리가 나서 신경을 곤두세웠다.

침실에서 뒤척이던 소음이 잦아지고 코골며 내는 새된 소리와 간간이 잠고대 소리도 들려올 쯤에야 나 역시 혼란한 꿈의

늪 속을 드나들었다. 그렇게 숱한 비몽사몽의 밤을 보냈다.

아침에 일어나 세수를 할 때면 겹쳐진 피로로 새빨개진 내 두 눈이 흐릿한 낡은 거울 속에서 타인의 그것처럼 생소하게 어른댔다.

"아니다! 이건 아니다!"

뇌까려 보지만 이렇다 할 다른 방법이 생각나지 않았다. 만일 잡히면 이민국의 유치장에 갇혀 있다가 다른 불법 체류자들과 함께 한국으로 보내진다고 했다. 그건 내게 있어서 죽음보다 더 큰 치욕이고 굴욕이었다.

매일 아침 부엌으로 가서 드럼 언니와 남자가 먹을 아침 식사를 준비했다.

귀퉁이가 떨어져 나간 낡은 식탁 겸 책상 위엔 재떨이와 메모지, 쓰다 남은 연필과 볼펜이 제멋대로 굴러다녔다. 지난밤에 마시던 소주병과 안주들이 아직도 비닐봉지 위에 방만하게 널려 있었다. 나는 잡동사니들을 한 쪽으로 밀어 놓은 후 접시를 가지런히 놓고 식어버린 커피를 마시며 빵을 토스터에 밀어 넣었다.

아침 식사 준비라야 계란 프라이와 토스트였다. 토스터에 넣은 식빵 굽는 냄새와 커피의 향긋한 향이 그나마 분요하고 삭막한 이국의 아침을 아늑하게 했다.

여기 있어
—

이윽고 피곤에 절은 둘은 늦잠에서 깨어나 말 한마디 없이
아침을 먹는다.

　아침을 준비해 놓은 나라는 존재는 안중에도 없는 듯 구석
에 앉은 나를 아무도 쳐다보지 않았다. 노동일이나마 일자리
가 있는지 아침 식사를 마친 드럼 언니의 남자가 서둘러 일어
났다.

　"그럼, 이따 만나요."

　보기에도 민망한 차림새로 아파트를 빠져 나가는 남자를 쫓
아나간 드럼 언니가 가진 아양을 떨며 전송하는 소리가 창문
을 넘어 나에게까지 전달되었다. 날씨가 쌀쌀해도 드럼 언니
는 온몸이 드러나는 얇은 슬립차림 그대로 돌아와 테이블 위
에 놓인 빨간 말보로 갑을 집어 들었다.

　"흥! 선 샤인 밴드가 이게 무슨 꼴이냐!"

　어제 밤 마셨던 소주의 숙취가 가시지 않았던지 드럼 언니
가 고개를 흔들었다. 손질을 하지 않은 채 제멋대로 허리께까
지 쏟아져 내린 그녀의 기다란 머리채도 요란하게 흔들렸다.
창문을 넘어온 밝은 아침 해살이 부신 듯 눈살을 찌푸리며 드
럼 언니가 담배 연기를 훅 내뿜었다.

　나 역시 한숨이 저절로 나왔다.

　"어떻게 하지? 언니?"

여기 있어
—

드럼 언니도 나름 마음고생이 많은 나머지 술과 담배가 많이 늘어 있었고, 요즘들어 까칠해진 모습이 가련해 보였다. 아름답고 쭉 뻗은 청순한 몸매도 예전 그녀 특유의 탄력과 매력을 많이 잃고 있었다.

"뭘 어떻게 해! 여기서 이렇게 당분간 잠수를 타고 있어야지! 아닌 게 아 니라 철수가 일하러 가면 장 마담이 혈안이 되어 아무나 붙잡고 우리들 소식을 묻는다더라."

드럼 언니가 피우던 담배를 거칠게 접시 위에 비벼 끄며 말했다.

"키보드도 그 틈에 어디로 종적을 감췄데. 내 생각엔 아무래도 그 쿡이 의심스러워."

드럼 언니가 한껏 목소리를 낮추었다.

"그 스시 바의 사시미 칼잡이 말이야!"

"어쩐지…… 그래서 우리를 따라 나오지도 않고 몸을 사렸군!"

"와중에서도 다 저 살 궁리들은 있었던 거지."

"……."

"장 마담이 지금 사람들을 풀어 눈이 벌겋게 우릴 찾고 있을 거야!"

키보드는 우리들 중 가장 어리고 인기가 많았던 멤버였다.

여기 있어

—

몸서리가 쳐졌다. 그녀가 무사하기만을 빌었다.

아니, 우리 역시 만약 잡히기라도 한다면 장 마담은 우리를 죽이려 할 게 분명했다. 불륜은 물론, 도박, 매춘, 매수, 납치, 감금, 고문, 살인에 이르기까지 세상을 악랄하게 사는 그녀의 사고방식과 삶의 방식대로라면 능히 그럴 수 있었다.

마지막 날 밤, 가수 언니가 고된 일정을 견디다 못해 돈도 한 푼 없는 맨 몸으로 손님이었던 누군가를 따라 달아난 사실이 알려지게 되었다. 우리는 삽시간에 가수가 빠진 비정상적인 밴드로 전락했다. 술집에서 더 이상 공연도 하지 못하게 되고 말았다.

그때부터 우리가 하는 일이란 기껏 술집에서 잡일을 거드는 일이 고작이었다. 우리는 노예처럼 다리가 퉁퉁 붓도록 종일 일을 했다.

장 마담은 우리에게 동전 한 입 줄 생각도 하지 않았다. 물론 그간의 공연 시간만 계산해도 엄청난 돈인데 한 푼도 받아낼 수 없었다.

"걱정 마! 니들이 먹고 자는 값은 모두 우리 집에서 해결이 되는 거고 니들이 푼푼이 번 돈을 그렇게 흐지부지 없애느니 내가 그 돈을 모두 모아 두었다가 너희들 밴드가 자라서 이름이 나고 이 미국에서도 자립을 할 수 있도록 한 밑천씩 단단히

잡아줄 테니."

말이야 장황했지만 우리들 아무도 그녀의 말을 믿지 않았
다.

6

미국에 도착하자마자 있었던 유명한 L시의 콘서트홀에서
열렸던 공연은 성황리에 끝났다.

"어머! 저 사람들 좀 봐!"

우리는 맨 처음 낯선 미국에서 우리의 공연을 보러 모여든
인파들을 보고 얼떨떨한 기분이었다. 더구나 상상도 할 수 없
이 커다란 콘서트홀에서의 공연에 인파가 들끓고 있는 것이
믿어지질 않았다.

우리의 노래가 끝날 때마다 사람들이 장내가 떠나가라 박수
갈채를 보내왔고 흥분한 나머지 자리에서 일어나 한동안 앉을
생각도 하지 않았다.

우리는 객석에서 우리에게 보내오는 의외의 열광적인 반응
에 놀랐다. 지역 신문에서는 전 단원들이 대학 졸업자로 구성
된 우리를 자세히 소개해 주었다.

여기 있어

—

라스베가스에서 먼저 번 세대를 열광시켰던 김스 밴드보다 훨씬 발랄하고 지적이라는 찬사와 바다건너 온 요정들이라고 저마다 대서특필을 해주었다.

"세상에! 그때 우리들하고 인터뷰를 했던 지역 신문과 방송들은 다 어디로 사라졌지?"

누군가 한 없이 허망하다는 듯 한숨을 쉬곤 했다.

"그뿐이니? 그때 인터뷰를 했을 뿐만이 아니라…… 우리들의 스폰서가 되어 주겠다는 유명 음반회사들도 여럿이나 나타나지 않았니?"

"정말이야!"

우리는 모두 이구동성으로 한숨을 쉬었다. 우리들 앞에 너무나도 가까운 곳에서 후원자와 음반회사가 나타날 때마다 장마담이 우리들의 앞을 턱하니 막아섰다.

"이건 정말 우리를 죽이기 작전을 한 거였어!"

누군가 분노에 차서 두 주먹을 불끈 쥐었다.

"그렇게도 우리들을 성공할 때까지 책임지겠다고 떠벌리더니……."

"맞아! 도리어 우리들의 앞날을 망쳐놓은 격이지……."

그러나 그때는 우리 아무에게도 힘이 없었다. 우리는 모두 어깨 위의 날개를 잘린 새나 마찬가지였다.

여기 있어

장 마담은 우리의 인기가 상승했을 때의 파죽지세를 몰아 계속 공연을 해야 했는데도 자신의 터무니없는 조건만을 내세우며 아무런 오퍼도 받아드리지 않았다.

한껏 부풀어 있었던 우리들의 꿈은 바람 빠진 풍선이 되었다.

성공의 커다란 화폭이 그 화면을 점점 좁혀갔다. 우리들은 고작 선술집 무대의 고정 밴드로 전락하고 말았다. 공연이 끝나면 술집에서 손님들의 잔심부름이나 도맡았다.

처음 우리들이 미국으로 왔을 때 술집 주인 장 마담은 우리들의 촌티를 벗겨내야 한다며 아무리 추운 날이어도 허벅지와 가슴과 온 몸이 다 드러나는 짧은 무대 의상을 입혔다. 그럴 때면 사람들의 시선은 자연히 비교적 다리가 긴 나에게 머물게 마련이었다. 가슴이 컸던 드럼 언니가 사이즈가 작은 옷을 입고 가슴을 거의 드러낸 채 연주하던 모습은 우리가 보기에도 민망했다.

"이건 도대체 스트립쇼를 하자는 거야? 뭐야!"

우리들은 무대 뒤에서 서로의 모습을 바라보며 공공연히 불만을 터뜨리곤 했지만 어쩔 수 없었다.

우리들은 술집 뒷방에 있는 창고를 개조한 열악한 단칸방에서 단체생활을 했다. 패스포드는 미국 도착 즉시 장 마담에게

여기 있어

—

압수당했다.

어찌된 셈인지 한국에서 유명인들이 찾아오면 가수 언니는 그들에게 잠자리까지 제공해야 했다.

"너 말이다. 이런 좋은 기회를 놓치면 안 되는 거야! 그이가 그래도 한국에서는 얼마나 유명인이니? 그러니 이 기회에 신곡을 받아내서 우리 선 샤인 밴드를 살려내야 해!"

가수 언니가 말을 듣지 않으면 장 마담은 폭력을 행사할 때도 있었지만 결국 감언이설로 가수 언니를 설득하곤 했다. 그 결과 신곡을 얻기는커녕 가수 언니는 점점 더 우울해졌고 괴팍해져만 갔다. 걸핏하면 술을 취하도록 마셔댔고 아무에게나 트집을 잡으며 행패를 부리다 장 마담의 밀실에 감금되곤 했다.

가수 언니는 아름다운 용모로도 유명했고 한국에서도 어느 정도 지명도가 있었던 만큼 아직껏 인기가 사그라지지 않고 있어서 모두들 그녀를 선호했다.

우리는 이 모든 일이 어처구니가 없었지만 아무런 저항도할 수 없는 한 없이 무능하기만 한 존재들이었다.

한국에서도 떠오르던 신인이었던 만큼 가수 언니에겐 많은 소문들이 쫓아다녔다. 그녀의 신곡들을 모두 자신의 몸과 바꾸었다는 소문이 공공연히 나돌았다.

여기 있어
—

유명한 가수가 되겠다는 꿈을 안고 미국에까지 와서도 그런 이들의 시중을 드는 생활을 더 이상 감당할 수 없었던지 가수 언니는 그곳을 몰래 빠져나갔다.

가수 언니가 떠나자 우리는 장 마담의 화풀이의 대상이 되고 말았다. 엉뚱하게도 의심의 눈길이 우리들 위로 쏟아졌다. 미장원은 물론, 쇼핑을 갈 때마저도 밖에는 혼자 나갈 수 없었고 감시인이 일일이 따라 다녔다.

나는 점점 걱정이 되기 시작했다. 이건 밴드로서 우리를 데려온 게 아니라 작정하고 우리들을 자신의 개인적인 노예로 데려온 것이나 마찬가지였다.

거물급 작곡자가 술집 뒤 건물에 있는 장 마담의 거처인 아방궁에서 머물곤 했다.

자신이 작곡한 히트곡들로 부인을 자신보다 더 유명한 가수로 키웠다는 그는 무슨 사정인지 부인과는 이혼을 하고 혼자 떠돌아 다녔다. 그는 대외적인 활동을 모두 접고 거의 일 년 이상을 그곳에서 상주하고 있을 때가 많았다.

그는 말없이 바에 나와 앉아 보드카나 위스키를 마셨고 식당에서 식사를 하며 어쩌다 우리들과 눈길이 마주쳐도 황급히 우리의 눈길을 피했다. 장 마담이 그의 내연의 처라는 소문은 오래전부터 공공연히 나돌았었다.

아무리 거물급 유명인이었어도 장 마담 앞에서는 비굴하기 짝이 없었다. 유명세와는 달리 씀씀이가 컸던 그들은 늘 돈에 쪼들리고 있었기 때문이라는 것이다. 그리고 장 마담이 필요에 따라 그들이 여는 콘서트의 큰손 역할을 한다고 했다.

장 마담의 아방궁 속을 드나드는 이들은 그 뿐만이 아니었다.

장 마담 거처에는 언제나 무수한 남자들이 드나들었다. 그러나 그 크레오파트라의 궁전처럼 으리으리한 아방궁에 정착하는 이는 아무도 없었다.

"여기가 왜 이렇게 지저분하니? 이제는 아주 주방에서 썩는 냄새가 나네!"

머물러 있던 남자가 떠나고 나면 장 마담은 공연히 술집에 나와 부산을 떨며 시간을 보냈다. 욕구불만이 가득한 얼굴로 주변 사람들과 우리들을 들들 볶아댔다.

술집의 접시가 더럽다며 음식이 든 접시째 내던질 때도 있었다. 술집의 돌아가는 모양새가 마음에 안 든다고 불평을 했다. 음식을 트집 잡으며 주방장을 해고시키기도 했다.

미장원을 다녀온 우리의 머리 모양이 촌스럽다고 다시 미장원으로 돌려보낼 때도 있었다. 그녀는 우리 위에 제왕처럼 군

여기 있어

—

림했다.

"나쁜 놈들!"

그러다 누군가를 원망하며 술에 취해 너부러졌다. 웨이터들
은 장 마담을 아방궁으로 옮겨 놓았고, 그녀는 인사불성이 될
때까지 술을 마시다 결국 쓰러져 며칠이고 앓아누웠다.

장 마담의 은혜를 입고 신세를 지던 남자들은 하나같이 장
마담을 떠날 뿐만 아니라 어느 새 술집 여인들을 몰래 어디론
가 빼돌리며 그녀를 배반했다.

"가수 언니는 그때 그 인간이 빼내 갔던 거야! 보나마나 히
트곡을 주어 성공시켜주겠다고 꼬드겼겠지. 그 왜 전 부인처
럼……."

"드럼 언니, 그럼 우린 어떻게 해? 돈도 없고, 패스 포드도
없는데……."

순간, 드럼 언니의 눈이 분노로 지글지글 타고 있었다.

"나쁜 년! 그래, 내 돈은 어떻게 해서든 받아 낼 테니까. 두
고 봐라!"

드럼 언니는 술집에서 일하는 핸디 맨과 친해지기 시작했
다. 핸디 맨은 말이 없고 무뚝뚝한 사람이었다.

그는 영업상 분위기를 자주 바꾸어야 하는 그 술집의 실내
장식 일을 돕고 있었다. 대학에서 미술을 전공했다지만 그 역

시 불법체류자 신세였다.

술집에 갇혀 사는 드럼 언니에게 철수라는 핸디 맨은 밖의 세상을 숨 쉬게 해주는 유일한 통로였다.

"어머머! 정말 멋있어요. 기막혀!"

실내 장식이 바뀔 때마다 드럼 언니는 그에게 과장된 몸짓으로 찬사를 늘어놓곤 했다. 턱없이 그의 재능을 칭찬했다.

그는 자신의 신분 때문에 헐값으로 핸디 맨의 일까지도 감당하고 있는 만큼 자주 그 술집을 드나들었다.

그는 결국 드럼 언니가 술집에서 도망칠 수 있도록 도와주었고 나는 드럼 언니를 따라 술집을 벗어 날 수 있었다.

"넌 왜 일도 안하고 맨날 술만 마시고 있는 거니?"

장 마담의 가시 돋친 말에 드럼 언니가 기다렸다는 듯 대들었다.

"너 나 한테 혼 좀 나 볼래? 나 이래 뵈도 산전수전 다 겪은 년이야! 어서 내 돈을 다 내놓으란 말야!"

평소에는 비굴할 만큼 고분고분하던 드럼 언니의 돌변한 태도에 종업원들까지 모두 놀라 안절부절이었다.

"아니, 얘가? 내가 미쳤지. 그동안 아무 짝에도 쓸모없는 너희들 미국에 데려다 놓고 입혀주고 먹여주고. 얼마나 손해를 입었는지나 아니? 너희들 데려오느라 든 비행기 값, 한국에서 여권을 내려고 수속하면서 든 비용. 거기에 너희들 누구 하나 제대로 된 악기하나 가지고 있었어?"

"흥! 누가 애초에 데려와 달라고 했나? 미국에 가서 성공시켜주겠다고 해놓고 이게 다 뭐냔 말이야! 어서 내 밀린 돈이나 내놓으라구!"

드럼 언니가 악을 썼다.

드럼 언니는 화가 나면 자신의 옷을 갈갈이 찢는 버릇이 있었다. 그러나 장 마담은 눈 하나 까딱하지 않았다.

"나도 그동안 니들 유명세 좀 타게 하려고 얼마나 고생이 심했는지 알아? 성공을 하는 운이란 모두 하늘의 소관이야! 니들이 모두 운이 없어서 그런 걸 낸들 어떻게 하란 말이니? 은혜도 모르는 인간들이네!"

"뭐, 하늘이 하는 일! 너 혼 좀 나 볼래?"

코웃음을 치던 장 마담의 표정이 굳어졌다. 드럼 언니가 술잔을 깨물어 자근자근 씹기 시작했던 것이다.

장 마담의 얼굴이 새파랗게 질렸다.

"애, 애가 왜 이래? 누, 누가 니, 니 돈 떼어 먹는다고 그랬니? 주 줄께! 모두!"

장 마담의 도도했던 기세가 확 누그러지고 덜덜 떨며 들고

여기 있어

―

있던 악어 백을 열고 돈을 꺼내 모두 드럼 언니 앞에 던지 듯 내놓았다.

"근데 니 패스 포드는 지금 가지고 있지 않으니 줄 수가 없다! 나중에 줄게."

말을 마친 그녀는 황급히 술집을 빠져 나갔다. 그리고 어디로 달아났는지 한동안 장 마담의 모습이 보이지 않았다.

나중에야 장 마담이 달아난 이유를 알게 되었다.

그렇게 잘게 씹은 유리 조각을 장 마담 얼굴을 향해 혹 불면 중상을 입게 된다는 끔찍한 뒷얘기를 들었던 것이다.

장 마담은 전에도 한번 술집 웨이트리스에게 그런 일을 당해 얼굴을 깎아내는 대 수술을 받았지만 아직도 회복이 되지 않았다는 것이다. 그것은 장 마담의 짙은 화장의 또 다른 이유였다.

"하! 하! 하! 정말 악랄한 여자야! 더럽게 겁내고 있군."

드럼 언니가 씹고 있던 유리조각들을 혹 바닥에 뱉어냈다. 피에 젖은 유리 조각들이 절규처럼 하얀 대리석 위에 후드득 달라붙었다. 드럼 언니의 얼굴이 새파랗게 질려 있었다.

그것은 나락으로 떨어진 한 여인의 절규였고 생존 방식이었다. 드럼 언니의 입에 남은 유리조각과 피가 마저 뱉아지던 순간 내 몸으로 서늘한 공포의 전율이 뚫고 지나갔다.

여기 있어
—

"괜찮아?"

드럼 언니는 걱정스럽게 묻는 나에게 고개를 흔들었다. 드럼 언니는 내 손을 잡고 술집을 나와 근처의 병원으로 가서 치료를 받았다. 드럼 언니는 자신의 온 생명을 걸기에는 너무나도 액수가 적은 그 푼돈을 받아내기 위해 죽음을 무릅썼던 것이다.

"너와 날 벌써 영사관과 이민국에 신고해 놓았다고 하더라! 도망갔다고."

며칠 후 드럼 언니가 말해 주었다.

"……."

"걱정 마! 내가 있지 않아?"

드럼 언니는 내가 측은했던지 말보로 라이트 담배를 비벼 끄며 한마디 했다.

드럼 언니와는 미팔군 밴드 시절부터 함께 일해 왔었다.

"애, 쟤, 쟤가 지금 나에게 뭐라고 하는 거냐?"

나는 영어를 알아듣지 못해 당황해하던 드럼 언니의 통역이 되어 주었다. 그러니까 그녀의 여러가지 대외적인 사무를 맡아주었던 셈이었다.

팀 속에서 드럼 언니의 리듬 감각은 빼어났고, 놀라울 정도로 정확했다.

"언니! 대단해! 도대체 그렇게 정확한 훈련을 어디서 받았던 거야?"

한 번은 너무나 감탄한 나머지 그녀에게 물었다.

"통통배!"

"통통배?"

"어릴 때부터 아빠를 따라 고기잡이 통통배를 탔거든. 남도 바닷가가 내 고향이었어."

"!"

"리듬이 별거니? 통통배가 빠르게 갈 때의 리듬과 느리게 갈 때의 리듬, 그리고 속력이 잡히기 전 잠시 복잡하게 얽혀있는 엇박자의 리듬 그게 다지 뭐!"

"!"

"난 어촌에서 무작정 서울로 상경했어."

"그럼 언닌 그때 왜 맨날 E대 배지를 달고 다녔던 거야?"

드럼 언니가 늘 달고 다니던 배지는 많은 이들의 시선을 모았다.

"그건 언니 거였어!"

"?"

"대학을 가기 위해 서울로 간 언니가 돈이 없어 등록금을 못

여기 있어

—

내 퇴학당한 후 하숙방에서 죽어 있었어!"

뱃지는 그 언니의 유일한 유품이었다. 드럼 언니에게 남겨진 슬픈 추억이었다.

"……."

"그래도 그 동네에서는 아무도 가짜 진짜를 따지고 드는 이가 없었어. 그 동네의 생리가 원래 그랬던 거야!"

"!"

"먹고 살기 위해 자신들의 신분을 위장했던 시절이었고, 그것이 받아들여지던 시절이었지. 모두들 살기에 바빠 남의 신분을 까발리고 할 시간적 정신적 여유가 없었지."

"맞아! 부대에서는 아가씨들이 미군들과 결혼하기 위해 혈안이 되어 있었어."

"그 길만이 그나마 신분상승의 기회였으니까."

"언니, 난 사실 대학을 다닐 때만해도 꿈이 있었어. 한 때는 의사가 되려던 적도 있었거든?"

"넌 머리가 좋으니 그럴 수도 있었을 거야! 아니, 언젠간 꿈을 이룰 수도 있을 거야!"

드럼 언니가 내 손을 꼭 잡고 흔들었다.

여기 있어
—

7

드럼 언니가 나에게 돈을 내밀었다. 얼마 안 되는 돈이었지
만 드럼 언니는 혼자 남겨질 나를 위해 자신의 목숨과 바꾼 알
량한 돈을 반이나 떼어 나에게 주었다. 그리고 나를 그곳에서
멀지 않은 식당 일을 할 수 있도록 주선해주었다.

"정말 이젠 이러고 함께 사는 게 지겨워 죽겠어!"

누적되었던 철수씨의 불만이 폭발하고 말았다.

"하지만 지금은 저 애가 갈 곳도 없지 않아? 쫓기고 있고."

"그래도 이젠 저 여자와 더 이상 이곳에 있을 필요가 없지
않아?"

드럼 언니는 나 때문에 목소리를 죽이며 동거남과 자주 싸
움을 벌였다. 눈이 퉁퉁 붓도록 울기도 했다.

게다가 영주권이 없는 동거남의 벌이가 신통치 않아 그나마
버틸 수가 없었다. 그들은 마침내 다른 주로 가기로 결정했다.

드럼 언니가 생존을 위해 어쩔 수 없었다고는 해도 나는 그
동거남이 처음부터 마음에 들지 않았다.

"언닌 왜 저렇게 능력도 없고 언니보다 나이도 훨씬 많은 사
람하고 엮이려는 거야!"

나 역시 은근히 그에게 불만이 많았다.

여기 있어
—

"무뚝뚝하지만 그래도 진실한 사람이야. 나름 공부도 많이 했고…… 나에게는 과분한 사람이야!"

나는 종일 식당에서 일을 했다. 차가 없어 밤길을 걸어서 돌아왔다.

그곳은 험난한 우범지대였다. 경찰차의 사이렌 소리가 끊이지 않았고 오전부터 거리의 여자들이 출몰했다. 가방을 날치기당한 이후로는 가방도 들고 다닐 수 없었다. 언제나 신변에 위협을 느꼈다.

드럼 언니가 힘들면 찾아오라고 전화번호와 주소를 남겨 놓았지만 나는 어떻게든 자립하고 싶었다. 더 이상 드럼 언니의 짐이 되고 싶지 않았다.

손님이 없어 고전하던 식당이 말없이 문을 닫았다.

아파트 세를 내고나자 수중에는 동전만 몇 개 남았다. 냉장고에 남아 있는 음식으로 하루하루 버텼다. 점점 더 허기가 느껴졌다.

정신이 들 때마다 엄마를 생각했다. 나의 문간방을 떠올렸다. 그래도 그때는 엄마가 돌아올 거라는 기대가 있었다. 지금은 그 기대조차도 없었다.

나는 이 세상에서 오직 혼자였다. 며칠을 굶자 환각이 보였다.

여기 있어
—

"이게 겨우 미국까지 가서 성공한 네 꼴이냐?"

엄마가 조소하며 나를 손가락질했다.

엄마의 삶은 어디에서부터 잘못 되었던 걸까?

엄마의 눈은 원래 청초한 반달이었다. 두 번에 걸쳐 무허가 시술집에서 받은 쌍까풀수술로 부자연스럽게 툭 튀어나오며 붓고 똥그래지기 전 까지는.

"야! 야! 제니야! 퍼뜩 정신 차리거레이⋯⋯."

"니 이러다 큰일 난 데이⋯⋯."

어디선가 복선이 언니의 음성도 자꾸 들려왔다. 복선이 언니의 얼굴도 떠올랐다. 복선이 언니는 지금쯤 잘 살고 있을까? 잘 살아야 할 텐데⋯⋯. 지금 쯤 아이도 몇이나 태어나지 않았을까? 새삼 궁금했다.

나는 대학 시절 축제에서 기타를 치며 노래를 불렀다. 그때 만난 첫사랑도 떠올랐다. 그는 언제나 나를 쫓아다녔다. 나를 사랑한다고 했다.

사랑이란 무엇일까?

사랑이란 무엇일까?

어설픈 첫사랑을 단숨에 밀어 젖히며 떠오른 건 역시 애증으로 가득 차있는 엄마의 모습이었다.

엄마는 지금쯤 어떻게 지내고 있을까?

여기 있어

―

218

한 무리의 친구들이 내 뒤에서 속삭이고 있었다. 하지만 이상하게도 그 소리는 더 이상 속삭임이 아닌 시끄럽도록 큰 메아리가 되어 나에게 전달되었다.

"글쎄 말이지 내가 제니네 집을 찾아갔는데 군대의 지프가 집 앞에 서 있었어. 글쎄 제니 엄마가 그 미군 손님을 맞는다던 여자였던 거야. 나는 너무나 놀라서 그만 돌아오고 말았어."

그뿐이 아니었다. 그토록 내가 조심을 했건만 친구들은 나에 대해 그 외에도 더 많은 사실을 알고 있었다.

"제니는 말이지 자기 아버지가 누군지를 모른다는 거야!"

"그건 또 왜?"

"제니 엄마가 그렇고 그런 여자기 때문이지 뭐! 왜 그 부대 부근을 서성거리는 직업여성들 말이야! 알지 않아? 짙은 화장에 향수 냄새를 풍기는 여인들. 왜 몰라?"

나는 순간 친구 경숙의 앞을 떠나고 말았다. 경숙이가 나를 더 비참하게 만드는 걸 도저히 참을 수가 없었다. 나는 경숙이의 말에, 아니, 친구들의 말에 귀를 막고 싶었다.

누군가의 음성이 들려왔다.

"난 모두 다 보았어! 제니는 언제나 텅 비어 있는 집의 문간방에 혼자 앉아 기타를 치며 노래를 부르고 있었어. 자신의 엄마는 외출할 때마다 모든 방의 문을 모두 다 잠가두고 나가서

여기 있어
—

219

제니는 그 엄마가 돌아올 때까지 항상 집에서 굶으며 엄마가 돌아오기를 기다렸던 거야."

영자란 친구의 이야기를 들은 후부터 나는 유독 그녀와 가깝게 지내고 있었다. 나에게 좋은 것이나 먹을 게 있으면 공연히 서성거리며 그녀에게 주곤 했다. 내가 먹을 걸 내밀 때마다 영자는 언제나 사양하곤 했지만 우리는 자연히 친밀한 사이가 되었다. 우리는 한동안 서로의 마음에 있는 말도 모두 이야기하는 사이로 발전했다.

나는 영자 이외의 친구들에게 내가 받아들여지지 않았다는 사실에 신경이 쓰였던 건 사실이었다. 그리고 그것은 늘 내게 삶에 대한 영원한 의문이 되었다.

'도무지 인간에게 인간이 받아들여지지 않는다면 어디에서 받아들여진다는 말인가?'

나의 생각은 또 두서없이 이어졌다.

미팔군에서 일했을 때 가수 언니는 별로 많은 돈을 버는 것 같지는 않았지. 근데 왜 이런 생각이 떠오르는 걸까? 아무튼 그땐 오히려 함께 노래를 부르는 밴드나 작곡가인 밴드 마스터는 그녀에게 돈을 받아내는 눈치였다. 하기야 그땐 누구나 살기 힘든 시절이었지.

어디선가 갑자기 모든 두서없는 기억들을 제치고 내 자신의

여기 있어
—

음성이 선명하게 들려왔다.

'그래, 나가야 해! 나가서 일자리를 찾아야지. 나에게는 노래가 있고 통기타가 있지 않아!'

나는 일어섰다.

드럼 언니가 버리고 간 너절한 잡동사니들이 발치에서 살아 일어나 환각처럼 너울댔다. 그러나 드럼 언니에게 전화하지 않았다.

나는 혼자의 힘으로 의연히 일어서고 싶었다.

성공을 하고 싶었다.

벽에 세워둔 통기타를 들기 위해 일어섰다.

'쿵!'

무언가 부딪치는 소리가 났다. 울림은 아주 먼 곳에서 들려왔다.

'이게 도대체 무슨 소리일까?'

무쇠 종처럼 둔중한 감각으로 들리는 그 울림에 귀 기울였다.

"이봐! 그 안에 사람 있어?"

"문 좀 열어봐!"

얼마나 시간이 지났을까? 누군가가 나의 방문을 거칠게 두드린다. 하지만 나는 조금도 움직일 수 없다. 대답도 할 수 없

여기 있어
—

다.

누군가 내 어깨를 세차게 흔든다.

"이봐! 일어나! 눈을 떠보라구!"

다급한 음성.

"아! 이제야 정신이 드나?"

"어쩌다 이 지경이."

"한동안 안 보인다 했더니."

남자의 음성이 뒤를 이었다. 여인의 음성은 옆방에 살던 한국 여인이었다. 그녀는 나를 깨워 일으켰다. 중국인 요리사와 사는 린디란 여인이었다. 그녀는 매니저를 불러와 함께 쓰러져 있는 나를 부축해 앉혀주었다. 기절을 한 나는 제대로 앉지도 못했다. 그녀는 나에게 물을 먹였고 먹을 것을 날라 왔다. 나는 며칠 동안 혼수상태에 빠져 있었다. 오랜 굶주림과 감기가 겹쳐서 탈진해 있던 것도 모르고 있었다.

옆집 여인은 감기약을 사오고 치킨 스프를 끓여와 나에게 먹였다. 탈진했던 몸이 서서히 정상으로 되돌아왔다.

"여기 살던 이가 떠나기 전에 아가씨를 잘 부탁한다는 말을 해서 대강은 알고 있었어요. 이제부터라도 서로 의지하며 잘 지내보도록 해요!"

린디는 내 손을 꼭 잡으며 간곡히 말했다.

여기 있어

—

린디는 유난히 두터운 입술의 소유자였다. 서글서글했다. 나는 여전히 밤마다 아파트 앞으로 지나는 발자국소리만 들어도 술집 장 마담이나 이민국에서 온 것만 같아 공포에 떨었다.

식당의 대형 격자창문 쪽에는 검은 그랜드 피아노가 놓여있었다. 나는 그 의자에 걸터앉아 노래를 불렀다. 사람들은 내 식으로 편곡한 노래를 좋아했다.

나는 나의 마음을 가사로 지어냈다.

탱고로 편곡된 노래가 끝나자 요란한 박수 소리가 들려왔다. 주위를 둘러보았다.

검은 얼굴에 하얀 이를 드러내며 웃던 한 남자가 검은 그랜드 피아노 쪽으로 다가왔다.

"이봐! 린디에게 다 들었어. 당신, 영주권이 필요하다면서."

린디의 주선으로 그녀의 보이프렌드인 중국인 요리사가 일하는 중국집에서 통기타를 치며 노래를 부르고 있을 때였다.

나는 오디션을 통과해 넓은 식당의 홀에서 저녁시간 동안 노래를 부르고 있었다.

물론 손님이 붐빌 땐 식당의 일도 거들어야 했다. 손님이 비교적 많이 찾아오는 주말 동안엔 적지 않은 팁을 모을 수 있었다.

식사는 중국집에서 해결했다.

여기 있어

―

선셋에 위치한 아파트의 같은 입주자였던 그 남자는 밤마다 거리를 배회했다. 그는 나를 보면 자신의 차에 태워 집까지 데려다 주곤 했다. 린디는 그 남자를 헌터라고 불렀다.

"헌터는 뭐 하는 사람이지요?"

"알 것 없어. 뭐, 그렇고 그런 남자야!"

"네?"

"뚜쟁이라고도 할 수 있고……."

"뚜쟁이? 그런 사람한테 제가 무슨 도움을 받는단 말이에요."

"그런 엉터리 같은 놈이니까 도움을 주지. 요즘 세상에 누가 그런 짓을 하려고 하나? 걸리면 큰일 나는데."

린디가 검지로 자신의 목을 긋는 시늉을 했다. 린디는 다시 따지듯 말했다.

"그러고, 자기가 지금, 찬밥, 더운밥 가릴 때냐고? 내가 뭐 저 쨩꼴라가 진짜 좋아서 이러고 있는 줄 알아?"

"네에?"

"아무 말 말고. 헌터가 아직 싱글이니 어서 속히 영주권을 얻을 수 있도록 위장결혼이라도 해달라고 해! 미국에선 영주권이 무엇보다 중요해! 그것 없으면 꼼짝도 할 수 없으니 말이야!"

여기 있어

—

"!"

"지금이라도 이민국에서 들이 닥쳐봐! 자기는 당장 한국으로 쫓겨나는 신세가 될 게 아니냐 말이야!"

나는 중국집에서 노래를 부르다가도 유니폼을 입은 소방서 직원이라도 손님으로 식당에 들어오면 가슴이 쿵쾅거리곤 했다. 사람들이 많이 드나드는 중국집인 만큼 장 마담이 여기에서 노래를 부르고 있는 내 소식을 듣지 않는다는 장담을 할 수도 없는 상황이었다.

나는 그 때부터 헌터가 일의 성사를 위해 요구한 돈을 마련하기 위해 고심했다.

라스베가스를 가는 날이 다가왔다. 신바람 난 노름꾼 린디 부부가 우리들의 증인이 될 것을 자청하며 나섰다.

처리할 일이 남아 있다는 헌터와는 라스베가스에서 합류하기로 했다. 선 셋 거리를 지날 때 헌터가 세 여인들을 껴안은 채 길 위에 서서 무어라고 시시덕거리는 모습을 종종 보게 되었다. 그런 헌터에게 린디는 중간에서 삼천 불을 주기로 하고 일을 성사시켰던 것이다.

나는 너무나 불안해 매일 뜬 눈으로 지세웠다. 아무리 생각해 보아도 이건 아니었다. 그러나 린디는 나를 도와준다는 명목으로 완강하게 일을 추진했다.

여기 있어

—

"허니, 문 좀 열어줘! 내가 왔어!"

술에 만취한 헌터가 문앞에서 고래고래 소리를 질러댔다.

"경찰을 부를 테야!"

내가 외쳤지만 그는 코웃음을 쳤다. 그가 지쳐 떠났는지 밖이 다시 조용해졌다.

나는 몸서리를 쳤다.

"아니, 왜 헌터에게 문을 안 열어 준 거지?"

다음날 아침 일찍 린디가 달려와 나에게 따지듯 말했다.

"잘 알지 않아요? 우리는 그저 계약을 한 사이라는 것. 왜 문을 열어줘야 한다는 말에요?"

"그놈이 한 성질 하는 악질인데 자기가 계속 그러면 아마 오늘 낼, 이민국에 신고할 걸?"

"맘대로 하라고 해요!"

내가 잠시 진심으로 나의 마음을 의지했던 린디가 실은 삼천 불에 나를 헌터에게 팔아 넘겼던 사실이 밝혀졌다. 그녀는 나에게 삼천 불을 받고 또 헌터에게도 돈을 받아 챙겼던 것이다. 그러나 그 돈들은 그나마 모두 노름으로 날린 뒤였다.

린디는 중증 노름중독자였다. 판단력을 상실한 인간이었다. 언제나 꼭두각시처럼 엘에이 근교의 노름장을 드나들었다.

헌터는 밤마다 내 아파트의 문을 두드렸다.

여기 있어

—

"이 문을 열지 않으면 이민국에 신고하겠어!"

협박까지 했다.

"이봐요! 삼천 불이나 주지 않았어? 그런데 왜 이러는 거야!"

"뭐라구? 난 한 푼도 받지 않았어."

"암튼 이건 계약과 틀리지 않아?"

"계약이라니? 허니! 난 정말 당신이 마음에 들었어. 그래서 그들에게 돈을 지불하고 당신과 결혼을 한 거야! 이건 내 진심이야!"

"맙소사!"

"외국인들이 결혼을 하면 그 결혼의 진위를 밝히기 위해 이민국에서 조사를 나온다는 사실 알아?"

결혼만 하면 곧 영주권이 나오는 줄로만 알았던 나는 그 청천벽력 같은 의외의 사실에 할 말을 잃고 말았다.

"그들이 이 사실을 알면 당신은 아마 나를 일방적으로 속인 범법자로 감옥에 처넣을 걸? 그러니 눈 감고 영주권 나올 때까지만이라도 나와 함께 사는 척이라도 해!"

그는 나를 달래듯 어르기도 했고 협박을 하기도 했다.

"이젠, 이민국에, Q이벤트사 대표 장 마담에, 뚜쟁이 헌터

여기 있어
—

에게까지 쫓기는 몸이 되었다 이거니?"

나는 대답대신 고개를 끄덕였다.

"세상에! 그 나쁜 인간들이…… 널 구렁텅이로 내몰았구나!"

드럼 언니는 내 말을 전해 듣고는 놀라서 숨도 쉬지 못했다.

나는 다시 내 앞에 나타나 준 드럼 언니 덕분에 그날 밤 쥐도 새도 모르게 엘에이를 벗어날 수 있었다.

드럼 언니가 우연히 엘에이에 일이 있어 들렀다 노래하는 나를 보기 위해 중국 식당으로 찾아왔던 것이다. 나 역시 그녀에게 연락을 하려던 참이었다.

"헌터가 정말 한 푼도 안 받았데!"

"뭐라구? 정말?"

"린디가 헌터와 나의 일을 성사시키기 위해 양쪽에서 삼천 불씩 수수료를 챙겼다는군."

"그 여자, 아주 횡재를 했군 그래!"

"근데, 린디는 그 돈을 그날 밤 라스베가스에서 겜블을 하다 모두 다 날렸데!"

"맙소사! 꼴에 겜블 중독증이라니!"

"더 기막힌 건 헌터가 나를 처음 보았을 때부터 나에게 반했다며 매달리는 거야!"

여기 있어
—

"!"

"믿어져? 막무가내로 나와 결혼을 하겠다고 애원하는 거야!"

"그건 그 작자들 수법이야! 그렇게 너를 헐값에 팔아넘기려는 거겠지!"

나는 드럼 언니의 말에 분해서 온 몸을 부르르 떨었다.

"암튼, 미안해! 내가 하도 사정이 급하고 아는 사람이 없어서 너를 부탁해 두었지만 린디는 원래 질이 좋지 않은 여자였어!"

"!"

"빤하지 않니? 헌터와 같은 통속이야! 양심도 없고. 그래도 걱정 마아!"

"괜찮을까?"

"다시 시작하면 되지 않아! 네가 여기에서 잠수타고 있는데 이 넓은 천지에서 지네들이 어떻게 널 찾아내겠니?"

드럼 언니는 그때 한적한 바닷가에 위치한 선술집에서 바텐더로 일하고 있었다.

"언니, 형부는 어떻게 됐어?"

"형부라니 무슨…… 얘! 벌써 헤어진 지 오래 되었어."

드럼 언니의 주선으로 나는 그 술집에서 드럼 언니와 함께

여기 있어

—

다시 통기타를 들고 노래를 할 수 있게 되었다. 물론 나 역시 시간이 되는 대로 바텐더로도 일을 할 수 있었다. 한적한 도시여서인지 그곳에선 아무도 우리의 신분을 캐묻는 이도 없었다.

그래도 우리는 여전히 불안한 신분이었다. 드럼 언니는 장마담이 눈에 불을 켜고 우리를 찾고 있다는 사실을 알려줬다.

연예인 신분으로 계약이 된 상태인 우리들은 그들의 눈에 발견되기만 하면 한국으로 추방되거나 이민국에 갇히게 되는 신세라는 것이다.

거기에 헌터는 나와의 결혼을 이미 취소했을는지도 몰랐다. 신부가 달아났다고 헌터가 신고를 했다면 그로 인해 영주권을 얻을 확률도 전혀 없게 되는 셈이었다.

"뭐, 무슨 길이 생기겠지……."

드럼 언니가 긴 한숨을 내쉬었다. 나 역시 내 신분만 생각하면 불안했다.

세월이 흘러갔다. 드럼 언니가 결혼을 했다. 드럼 언니는 이제 버젓한 집에서 새 삶을 시작했다. 임신으로 입덧이 심하다는 소식도 날아들었다. 드럼 언니의 곁을 떠났던 동거남 철수 씨가 돌아왔던 것이다.

"그 사람은 좋은 집안 출신이야! 나 같은 여자는 언감생심

자격도 없지."

"언니, 지금 어떤 시댄데 그런 한심한 소리를 해! 서로 좋아하면 결혼하는 거지."

사실, 드럼 언니는 술만 취하면 넋두리를 늘어놓으며 그를 못 잊어 했었다. 의외에도 그가 첫사랑이라는 것이었다.

철수씨도 본격적으로 건축업을 차려 지금은 사업도 성황 중이라고 했다. 안부를 나누던 끝에 드럼 언니가 우연히 들려 온 장 마담의 소식을 전해 주었다.

"참! 장 마담이 지금 하와이에 있데!"

"어머? 거기에서? 뭐하고 있데?"

"글쎄 이제는 거기에서 홈리스 신세가 되어 거리를 헤매 다닌데! 그때 철수씨 하고 같이 일하던 동업자 동창 알지? 이씨 말이야! 그 애가 셋이라는……."

나는 고개를 끄덕였다.

"홈리스가 되다니? 그 많은 재산은 다 어쩌고?"

그녀의 재산 일부에는 분명 우리에게 갈취한 돈도 포함되어 있을 터였다.

"장 마담이 경영했던 술집 있지? 우리가 들어가 살았던……그 부근에 대형 호텔이 여러 개 세워져 그 사이에 부근의 비즈니스 들이 모두 타격을 입고 자리를 뜨거나 망했다는 거야!"

여기 있어

—

"어머나!"

"그런데 그것도 모르고 장 마담이란 그 인간은 혼자 점점 더 마약에만 탐닉한 나머지 헤어나지 못하며 부동산업자에게 속아서 남은 돈으로 죽어버린 비즈니스 건물을 헐값에 모두 다 사들이다 그나마 파산을 했다는군."

장 마담이 재산을 모두 잃고 파산하자 그 옆에 있던 남자들도 모두 떠나버리고 아무도 없이 혼자 떠돌이가 되어버렸다고 했다.

"마약에 빠져 있다니?"

"몰랐어?"

"뭘?"

"장 마담은 원래 마약환자였어! 그러니 그토록 늘 이성을 잃고 악랄하고 변덕스럽고 비정상적이었던 거야!"

드럼 언니가 말했다.

"우리가 모두 재수가 없었던 거야! 그러니 우리가 실력이 있었는데도 애초에 한국에서 그런 여자를 만났지."

"맞아! 왜 우린 하필 그런 여자를 따라나섰던 걸까?"

"사실, 우리는 그냥 미팔군에 있었더라도 지금쯤 성공해 있었을 텐데……인기도 제일 많이 있었고……."

"그 여자! 처음부터 자신이 무슨 대단한 사람인 것처럼 하는 말들이 모두 진실성이 없고 허풍쟁이였어!"

한숨이 절로 나왔다.

"이제 보니 장 마담……단지 중증 과대망상증 환자였지! 현실을 직시하지도 못하는……."

나도 고개를 끄덕이며 수긍했다.

드럼 언니는 우리가 맨 처음 미국으로 와 공연을 마쳤을 때 이곳에서 가장 잘 나가는 음반회사에서 우리와 계약을 맺자는 제안을 장 마담에게 해왔다는 이야기를 꺼냈다.

"정말, 그때 그 제안만 받아드렸어도 우리는 그동안 그런 기막힌 고생을 하지 않았고 지금쯤 모두 성공해서 금의환향했을 뿐만 아니라 누가 알아? 그 여세를 몰아 한국에서도 성공을 하고 유명세를 탔을 거야! 그 왜 외국에서 성공해서 돌아온 유명한 여가수처럼 말이지…… 우린 그만한 실력을 갖춘 팀이었을 때니까……."

"맞아!"

하지만 마약환자였던 장 마담은 우리들을 너무 크게 키워 성공을 시키면 우리 모두가 자신의 말을 듣지 않고 떠나게 될 것을 두려워하고 질투한 나머지 잘못된 판단으로 한 순간에 우리들의 입지를 그토록 비참한 나락으로 떨어뜨린 것이었다.

"그 여자가 우릴 망가뜨렸어!"

여기 있어

—

233

"세상에! 그런 무책임하고 바보 같은 여자가 어떻게 자기는 그렇게 잘 살았지?"

나는 어느 남자나 그곳에 오면 장 마담에게 굽실대던 장 마담의 아방궁을 떠올리며 나도 모르게 탄식했다.

"그 모든 비지니스도 원래 장 마담이 일으킨 게 아니라는 군."

"그럼 어떻게?……."

"장 마담도 원래는 빈손으로 미국에 와서 처음엔 말도 못할 정도로 고생을 했데! 그러다가 돈 많은 할아버지를 만났다는 거야!"

"……."

"장 마담이 메이드를 하며 살아가던 시절, 그 부잣집 할아버지의 집에서도 메이드 노릇을 했었다고 해! 하니까 그 할아버지의 나이가 아마도 구십도 넘었을 때였다지? 그런데 장 마담이 그 할아버지를 하도 극진히 잘 모셔드렸다는 거야! 그 할아버지가 감동한 나머지 얼마 안 있어 장 마담과 결혼을 했고 장 마담은 할아버지와 함께 살며 할아버지를 보살펴주다가 할아버지가 죽은 후 어마어마한 재산을 물려받았다지."

"……."

"하니까 장 마담은 그동안 그 많은 재산을 손에 쥐고는 모두

여기 있어

—

다 그렇게 탕진만 하면서 살아왔다는 거야!"

"정말, 그 많은 재산도 돼지 목에 진주였군!"

나는 그 모든 상황이 이해되지가 않았다.

"장 마담 그 여자! 이제 돈도 한 푼 없고 마약에 찌든 거지 할머니가 되어 거리를 헤매고 있다고 해!"

"맙소사!"

"술집에서 일하던 바텐더 아저씨가 우연히 길에서 만났는데 그 여자가 누더기를 걸치고 다니더라는군! 이제는 정신까지도 희미해져서 눈도 제대로 뜨지 못하더라는 거야! 자기 자신도 또 아무도 알아보지도 못한데⋯⋯다 죽게 되었다고 해!"

"아 하! 그러고 보니 그래서 평소에도 그렇게 말랐었군! 그 토록 매사에 신경질적이었고⋯⋯어떻게 해!"

나는 장 마담의 모습을 떠올렸다. 패션모델처럼 피골이 상 접해 있던 신경질적이고 앙상했던 장 마담의 모습이 떠올랐 다.

"그러다가 아마 그렇게 거리에서 죽게 되겠지⋯⋯."

"맞아!"

장 마담이 하도 도도하고 악랄하고 우악스러운 인상이어서 드럼 언니의 말을 듣고도 거지가 되어 거리를 헤매고 있을 장 마담의 모습은 잘 떠올려지지가 않았다.

여기 있어

—

235

장 마담을 떠올리자 한숨이 저절로 나왔다. 그토록 악랄하고 도도하고 안하무인이었던 장 마담. 한때 우리의 삶 속의 공포 자체였던 장 마담. 우리의 성공을 빌미로 우리 위에 군림했던 절대자며 군주였던 장 마담.

그녀의 화려했던 모습과 거지의 모습이 오버랩 되었다. 나는 눈을 질끈 감고 그 모습을 지우려고 머리를 마구 흔들었다.

8

나는 여전히 술집에서 노래를 불렀다. 주로 라디오로 들은 노래들 중 마음에 드는 곡을 골라 내 식으로 편곡을 했다. 때로는 어린 시절처럼 작곡을 하기도 하고 마음속에 하고 싶던 이야기와 나의 메시지가 들어간 가사를 지었다.

— 아무도 나—아를 이해하지 않아도. 나는 해가 뜨—느—은 한 언제고 태연히 살아갈 수 있어요—오.

누군가는 나의 노래와 가사가 샹송 같은 분위기를 풍긴다고 좋아해주기도 했고 음악을 전공했다는 한 군인은 나의 노래가 자신의 마음을 어루만져주는 위로 같은 힘과 치유효과가 있다고 평하기도 했다.

내가 굳이 밝히지 않았어도 내가 한때는 이국에서 꽤 알려진 뮤지션이었다는 사실을 사람들은 눈치채고 있었다. 그 만큼 내 입지는 그 집에서 확실하게 자리잡아 갔다.

바다 부근 부대가 있는 한적한 도시는 조용하고 아담하고 평화로웠다. 그 도시의 작은 술집에는 주로 군인들이 드나들었다.

나는 언젠가부턴가 정신을 놓고 내 노래를 끝까지 들어주는 한 시선을 의식하게 되었다. 그는 피부도 동양인에 가까웠고 생김새도 백인들과는 달랐다. 하지만 한국인으로 보기에는 이목구비가 서양인처럼 뚜렷했다.

노래를 모두 끝낸 후 칵텔 바로 돌아와 칵텔을 만들고 있을 때면 또 그곳으로 와서 내 앞에 앉아 있었다.

"너무 많이 마시면 몸에 해로워요."

나는 아무 생각 없이 그가 술을 주문할 때마다 말해주곤 했다.

차가 없었던 나는 일을 하러 갈 땐 걸어갔지만 밤이면 집까지 걸어서 돌아오기엔 먼 길이었다. 언제나 주변의 위험을 느꼈다.

여기 있어

—

밤이 너무 깊으면 택시를 이용했지만 그나마 택시가 안 오는 날이 더 빈번해서 하염없이 택시를 기다리며 거리에 서 있곤 했다. 그 어느날부터 그는 나를 집까지 바래다주기 시작했다.

여러 번 사양했지만 결국 그의 차에 오르게 되었다. 고맙게도 그는 말이 없었다. 그리고 나를 내려준 후엔 지체하지 않고 돌아갔다.

그러던 켄이 나에게 청혼을 해왔다.

"우리는 할아버지 때부터 이곳에 와서 살았어. 우린 원래 멕시코에서 이주해 온 이민자거든. 할아버지는 농장에서 일하던 불법체류자였는데 농장주가 도와주어서 오래전에 사면을 받았데. 덕분에 우리 부모님과 나는 이곳에서 태어났고."

"나는, 난……."

나는 정작 내 자신의 복잡한 사정 이야기를 어떻게 시작해야 할지 한숨이 나왔다. 나의 사정도 그랬지만 나는 내 마음속에 결혼을 할 만한 마음의 여유를 가지고 있지 않았다.

엄마는 나에게 정상적인 가족 관계를 보여준 적이 한 번도 없었다. 나에겐 사랑이라던가 결혼이라는 개념을 자연스럽게 받아들이기 힘들었다.

외국인을 상대하는 거리의 여인, 나의 엄마. 남자란 늘 엄마의 손님일 뿐이었다. 단지 돈을 벌기 위한 대상이었다.

요란한 사이렌 소리와 함께 경찰차가 아파트 앞에서 멈춰
섰다. 동네 사람들이 모두 밖으로 나와 웅성댔다.
세네카가 그랬던가?
'술에 취하는 것은 자발적으로 미치는 거라고.'
켄은 왜 술의 힘으로 나날이 더 미치광이가 되어가야 했을
까?
그가 나에게 고백 했듯이 그의 마음의 상처를 알고 있다. 안
그래도 그는 늘 미칠 것 같다고 뇌까리곤 했다. 어린 시절과
과거에 대해 철저히 불행했던 나는 그의 불행에 민감하게 반
응했다.
그는 그 불행 속에 안주하려고만 할 뿐 좀처럼 그 불행에서
벗어나려고 노력을 하지 않았다. 그의 불행한 자기비하의 성
격과 타성은 나날이 나의 삶을 부정적으로 갉아 먹기만 했었
다.

엄마의 이는 틀니였다. 엄마는 손님이 없는 날은 종일 틀니
를 빼어 놓았다. 제대로 된 치과를 간적도 없었으니 어디서 만
든 틀니인지 알 수 없었다. 아무튼 엄마는 틀니가 불편하고 아

프다고 불평을 하곤 했다. 틀니를 빼고는 하루 종일 허리를 기다란 띠로 꽁꽁 묶고는 연탄불 위에 달군 쇠 다리미로 찜질을 하며 고통을 참기 위해 끙끙거렸다.

이상한 남자들이 와서 엄마를 개 패듯 죽도록 때리고 갈 때마다 엄마는 온 몸이 다치고 부서졌다. 엄마의 이는 아마도 그 와중에 맞고 넘어지며 모두 부서져 나갔을 것이다. 엄마는 이를 모두 잃었을 뿐만이 아니라 갈비에 금이 가 쓰러졌던 적도 여러 번이었다.

어렸던 나는 공포에 질려 평소의 엄마의 지시대로 옷장 속으로 기어들었다. 가구가 부서지고 유리병이 깨져나갔다. 내 작은 두 손으로 귀를 막았고 숨죽이며 지옥 같은 시간을 견디어냈다. 공포의 시간을 견디어내다보면 희한하게도 공포의 시간도 그 끝이 왔다.

엄마의 비명소리는 단말마적이었다. 두 귀를 꼭 막고 있어도 가해자와 피해자가 내는 지옥의 소리는 어김없이 들렸다.

맞으며 비명을 내지르는 소리, 때리며 부서져 나가는 소리가 모두 그친 후에야 발자국 소리가 멀어졌고 '쾅!' 하고 문 닫는 소리가 났다.

집안이 잠잠해졌다. 긴 소동이 끝난 후에야 나는 숨어 있던 옷장에서 기어 나왔다. 급히 엄마의 방으로 갔다.

여기 있어
—

시체처럼 꼼짝하지 않고 누워 있는 엄마를 보고도 나는 울부짖지 않았다. 엄마의 입과 코에서 피가 흐르고 머리가 한줌 빠져나와 있었다. 옷도 몸도 마음도 갈기갈기 찢겨진 엄마가 기절해 있었다.

그곳에서 흐르는 기운은 다분히 비극적이었지만 어처구니 없어 웃음이 나올 만큼 희극적인 요소도 남아 있었다.

나는 알고 있었다. 공포의 도가 지나치면 그 의미를 잃는다는 사실을. 어린 나는 이미 죽은 엄마를 여러 번 살려 낸 터였다.

위스키를 컵에 따라 엄마의 입에 흘리면 그제서야 엄마가 눈을 떴다. 때로 엄마는 정신을 잃고 깨어나지 못했지만 눈을 뜨며 "물!"하며 애처로운 눈으로 나를 올려다 볼 때도 있었다.

'아가야! 잘 보아 둬! 내가 왜 이런 삶을 살아야 하는지? 내 잘못이 무엇이란 말인지? 아가야! 잘 보아둬! 이런 실체의 삶도 있단다. 맞고 학대받고 사람들이 모두 다 손가락질하고 비웃는 삶. 그런데 아가! 이게 다 내 죄란다. 그건 바로 내가 세상에 태어난 죄! 단지 돈이 없다는 죄!'

나는 물을 떠와 엄마에게 먹였다. 움직이지 못하는 엄마의 옆에 앉아 며칠 밤을 지새웠다.

엄마는 절대로 울지 않았다.

여기 있어

—

엄마는 정신을 잃었다 깨어난 며칠 후면 아무 일도 없었다
는 듯 일어나서 더 오래 화장을 했고 더 야한 옷으로 갈아입었
고 독주를 마셨다. 나는 그 정황을 노래로 불렀다.

— 공포의 시간.
발자국 소리 그 후에 들리는
쾅! 문 닫히는 소리.
존재란 비극 속에서 나는 죽은 엄마를 살려내는 역할을 맡
았다.
물을 떠와 가련한 나의 엄마에게 먹이고 위스키를 컵에 따
라 엄마의 입에 쏟아 놓았다. 엄마가 눈을 뜨기를 기다렸다.
때로 엄마는 다음날까지 깨어나지 못했다.
나는 기도를 했지.
엄마의 옆에 앉아 밤새도록 울며 지샜지.
엄마는 울지 않았다. 기절했다가도 눈을 뜬 후에는 혼자 천
정을 보며 웃었다.
엄마는 깨어나셨다. 아무 일도 없었다는 듯
아무도 원망하지 않았다.
더 야한 옷으로 갈아입었고
독주를 마셨다.

여기 있어
—

엄마의 삶이 퉁퉁 부어올랐다.

그래도, 그래도,

눈가와 입이 찢어졌고 멍이 들었어도 엄마는

그 시퍼런 멍 위에 다시

더 두껍고 시퍼런 칼날 같은

화장을 했다.

나는 내가 부르는 노래 가사에 흠칫 놀랐다. 내 안에 사무쳐 있던 실체 그대로였다.

집 한 구석에 넝마처럼 너부러져 있던 남편 켄이 이윽고 수 갑을 찬 채 밖으로 끌려 나왔다. 한 순간 내 눈에 그의 모습이 측은하게 비쳤다.

내 머리 속에선 더 이상 아무것도 생각나지 않았다.

엉뚱하게도 고대의 현인 '세네카'란 세 글자만 계속 눈앞에 떠올랐다.

켄은 군 당국의 중독자치료센터로 보내졌다.

"술중독도 병이니 환자인 그를 도와주세요."

나는 심리학자인 군의관에게 요청했다. 그리고 나도 술중독 자 치료 캠프로 가서 그와 함께 치료 프로그램에 합류해야 했다.

"나의 엄마 역시 술중독자였어요. 그런 만큼 나는 그들의 생리를 누구보다도 잘 알고 있지요."

"당신은 심리학 용어를 잘 이해하는군요."

"심리학을 전공하기 전엔 의대를 다니려다 말았지요. 공부하는 기간도 너무 길었지만 등록금이 너무 비싸서 감당이 안되었으니까……"

상담 도중 카운슬러는 나에게 학교로 다시 돌아 갈 것을 권하기도 했다. 다행히 남편 켄은 요양소에서 성공적으로 치료가 되어 집으로 돌아와 군대의 지원을 받으며 하던 공부를 계속했다.

9

자유의 마음, 자유의 몸이 된 나는 나를 위한 자유의 노랫말을 지어 내 생을 축약한 노래로 부를 수 있게 되었다.

켄과 별거에 들어갔다.
켄에게서 완전히 벗어났다.

여기 있어

—

알콜중독증의 치료를 마친 켄은 그간 해왔던 단순한 일에서 벗어나 고급 엔지니어가 되었고 원했던 대로 급료도 올라갔다. 하지만 그가 술중독증을 벗어나는 길은 요원해 보였다.

그의 술중독증 때문에 나의 마음속의 상처도 더 깊어졌다.

그는 나의 상처를 더 아프게 후벼냈다.

나는 더 이상은 그의 술버릇을 참아 낼 수 없었다.

처음부터 그의 술 중독증이 심해질수록 엄마의 삶이 나의 삶 속에 오버랩 되었다.

엄마의 고뇌가 내 가슴속을 파고들었다.

더 이상 견딜 수 없었다.

정상적인 가족관계를 모르는 나에게 사랑이라든가 결혼이라는 개념이 애초에 제대로 받아드려질 리 없었다.

외국인을 상대하는 거리의 여인, 엄마에게 남자란 늘 손님일 뿐이었다.

단지 돈을 벌기 위한 대상일 뿐이었다.

엄마를 떠올릴 때마다 상처받고 퉁퉁 부어오른 얼굴이 떠올랐다.

눈가와 입이 찢어지고 멍들어 새까맸던 얼굴.

자신의 멍든 삶 위에 거듭 두텁게 화장을 했던 엄마.

여기 있어
—

거울 앞에 섰다.

켄에게 맞은 눈가와 찢어진 입가의 상처가 부어올랐다.

두꺼운 화장으로도 가려지지 않았다.

퉁퉁 부어오른 마음의 상처 역시 정상으로 되돌아올 수 없음을 감지했다.

비틀대며 술집의 스테이지까지 다가와 노래하던 나를 켄이 쓰러뜨렸다. 마이크가 멀리 내던져졌다. 삽시간에 술집은 아수라장이 되었다. 손님들이 놀라 자리에서 일어나 웅성거렸다.

매니저가 달려와 켄을 질질 끌고 나갔다. 그런 일들 때문에 나는 술집에서 몇 번씩이나 쫓겨나야 했다.

나는 더 이상 켄에게 나의 엄마가 당했던 것처럼 학대받으며 살 수 없었다.

엄마는 용서할 필요가 없었다. 돈만 받으면 모든 관계가 끝나는 손님이었으니…….

그러나 우리의 관계는 달랐다.

나는 그에게 너무나 상처를 받았다.

그는 이미 내 자존감에 상처를 냈다.

인과관계에 있어서도 나는 원래 갈 길이 먼 사람이었다.

나의 내면은 이미 찢겨져 있었으니.

여기 있어

—

얼굴과 몸이 찢겨지는 건 내면의 상처에 비하면 아무 것도 아니다.

켄을 만난 이후 기존의 상처들까지도 덧나 있었다.

치료 불능상태였다.

켄에게 더 이상 이런 취급을 받고 싶지 않았다.

그와 헤어진 나는 모든 것을 내려놓고 다시 엘에이로 돌아왔다.

이제는 설혹 누가 내 앞에 나타난다 해도 추방당할 위험이 없는 합법적 신분이다.

시골이 아닌 큰 도시에서 안심하고 다시 노래를 부르기 시작했다.

노래가 나의 삶의 전부가 되었다.

기타는 나의 마음을 울려주는 진정한 친구였다.

공허가 더 이상 내 안에 자리잡을 새가 없도록.

쓰러지려는 나를 음악이 붙들어주었다.

노래를 하는 동안만 생각을 이어갈 수 있었다.

호모 유스폴니스(Usefullness)란 단어가 한동안 마음속을 떠나지 않았다. 진화론에서 의미하는 쓸모 있는 인간이란 뜻이

여기 있어
—

다.

나는 그간 온전한 호모 유스폴니스의 삶을 살아오지 못했
다.

한 존재와 또 다른 존재가 진정한 소통을 갖고 서로에게 인
정받으며 인식되고 형성되는 자연스런 호모폴리스의 관계를
가져 보지 못했다.

나의 무너진 자존감을 이제야 음악을 통해 되찾고 싶었다.

남편 켄에게도 없었던 건 자존감이었다.

아무에게도 진정으로 인정받은 적이 없었던 그는 끝없이 방
황할 수밖에 없었다.

나는 이제 스스로를 위한 쓸모 있는 인간이 되고 싶었다.

남편도 나를 붙들지 못했다.

노래를 부를 수 있는 술집이 나의 둥지고 고향이고 우주였
다.

나는 스스로를 딛고 일어서야 했다.

새로운 마음으로 새 생활에 적응할 준비가 되었다.

주말마다 지도를 보며 프리웨이를 달렸다.

도망자처럼 쫓기며 마음과 몸을 숨겨놓았던,

여기 있어
—

폐허처럼 허물어진 지나간 삶 속에서 보지 못하고 느끼지
못했던,

　화사한 엘에이의 매력에 뒤늦게 눈뜨고 있다.

　캘리포니아의 꿈 같은 풍경화 속으로 폭 빠져들었다.

　바다가 끝없이 펼쳐졌다.

　바다 부근에 차를 세우고 오래오래 파도 소리에 귀 기울이
며 종일 바다가 내게 들려주는 끝나지 않는 이야기를 들었다.

　오래 동안 바다의 얘기를 듣다보면 바다의 리듬 속에 숨어
있던 나만의 노래가 들려왔다.

　'괜찮아! 모든 게 다 잘 될 거야! 너는 할 수 있어! 내가 있
지 않아?'

　수평선은 넉넉한 여신의 품속이었다. 언제라도 나를 그 안
에 품어줄 것처럼 넓고 푸르렀다.

　사막의 풍경 속으로 다가갔다. 원초적이고 신비한 풍경들이
지나가고 있다. 자연은 신비와 경의 바로 그 자체였다. 거역할
수 없는 완고한 얼굴로 벌판 위에 투박한 신전으로 우뚝 자리
잡고 있다.

　예감이 가슴을 설레게 했다. 한 번도 그런 느낌을 가져 본

여기 있어
—

적이 없었다. 나의 마음은 늘 빙하처럼 굳게 얼어 있었으
니…….

　나의 마음을 사로잡는 풍경들은 역시 사막의 풍광이었다.
황량한 사막을 지날 때면 온 몸에서 힘이 용솟음쳤다. 나는 지
금까지 황량한 사막을 지나왔다. 그래서 나는 다시 일어설 수
있는 것이다.

　영원히.

　짐 모리슨의 노래가 꿈결처럼 마음 깊은 곳에서 흘러나왔
다.

　차창 밖으로 사막의 풍경과 무수한 전라의 라벤더 산들과
들판이 빠르게 지나고 있다.

　한 알의 모래 속에서
　한 알의 모래 속에서
　세계를
　세계를, 세계를 보고
　한 송이…… 들꽃에서
　들꽃에서……
　천국을 본다.
　그대

여기 있어
—

손바닥 안에
손바닥 안에, 손바닥 안에
무한을
무한을, 무한을 쥐고
한순간
속에서
영원을 보라.

영국의 시인이자 화가인 윌리엄 블레이크의 '순수의 전조'
라는 시다.

내 앞으로 태고의 날들이 이어졌다. 나의 미래도 이어졌다.
가만히 들어보면 외롭고 한적한 들판에 피어난 야생화들과
보이지 않는 바람이 만나 자신들만의 언어로 재잘댔다.
'누가 보든지 보지 않든지 나는 여기에 존재하고 있다고.'
자연의 운명도 인간의 운명과 다름이 없는 걸까. 두서없는
상념 속을 넘나들었다.
창밖으로 독일의 화가 에릭 에른스트(Eric Ernst)의 신비한
그림들과 윌리엄 블레이크의 '태고의 날들' 같은 풍경이 다가
왔다.

여기 있어
—

어김없이 시간이 지나고 황혼이 살바 돌 달리의 초현실 화
폭처럼 무상으로 다가왔다.

에른스트가 종종 꿈속에서 가보곤 했다는 숨도 쉴 수 없을
만큼 처절하게 아름다운 황혼이 거대한 화폭 같은 자연 위를
종횡으로 채색하다 사라진다.

차창 밖의 풍경은 한동안 나의 지난날 같이 사무치도록 깜
깜한 어둠과 적막 속을 헤맨다.

그러나 얼마 안 있어 샤론 스톤의 도발적인 몸매 같은 화사
한 도시의 불빛이 한꺼번에 찬란한 자태를 드러낸다.

신비한 풍경 속을 뚫고 지나오는 동안 스스로도 모르게 수
없이 묻고 묻는다.

"나는 지금 어디에 와 있는 걸까?"

"여기 있어." ✈

문학이란 마법에 걸려
나 여기 있어

　문학이라는 마법에 걸려 정신을 놓고 살아왔다. 글을 쓴다
는 명목으로 한 번 컴퓨터 앞에 앉으면 시간은 너무도 빨리 흘
렀고 하루 해는 눈 깜짝할 새 저물곤 했다. 이러다 내 모든 시
간들이 한 순간 밑도 끝도 없는 블랙홀 같은 그 문학의 요술
속으로 빨려들어가버리는 게 아닌지 더럭 겁이 날 지경이었
다.

　물론 그 블랙홀은 시간의 끝이고 따라서 나의 죽음의 순간
이며 내 생애의 마지막 일런지도 모른다.

　그래도 나는 문학이란 이 무모한 마법 속을 제 발로 걸어 들
어간 정신나간 사람이다. 정신을 차리고 보니 아무런 보장도

없는 이 세계로 아무런 준비도 없이 쑥 들어가 있었다. 그리고 더 많은 단어들과 무기력한 시간들을 낭비했다. 건진 거라곤 아무것도 없었다. 기껏 뒷북이나 치며 물에 물탄 맹탕 같은 소리나 하면서…….

그 안에서도 나의 마음과 상황을 다 표현하기엔 너무나도 미흡했고 표현을 정확히 짚어 보지 못한 단어들은 할 일 없이 흘러간 풍경의 일부가 되었을 뿐이었다. 마치 모든 진실하지 않은 관계처럼.

어떤 분께 나의 글을 보낼 때면 늘 한 없이 부끄러운 글이라는 말을 한 지도 오래 되었다. 그분은 진심을 담아 이런 말을 했다.

"아마 스스로가 문학적으로 꽤 높은 경지에 가 있다고 생각하시는 모양이지요? 스스로의 글이 부끄럽다는 그 말의 뜻이 자신을 너무나 과대평가한 나머지 더 잘 쓸 수 있었는데도 불구하고 잘 쓰지 못했다는 말처럼 들리는군요."

아니, 아니, 하지만 그런 뜻은 절대로 아니다. 아마도 그분은 내가 좀 더 겸손하게 자신의 못남과 모자람과 결핍을 있는 그대로 받아드리며 마음 편히 글을 쓰라는 뜻으로 한 말임을 이제야 알았다.

비로소 나는 그 한없이 부끄러운이란 표현을 이런 말로 정정하고 싶어졌다.

'저는 이토록 보잘 것 없는 글을 쓰고는 있지만 그래도 난 글을 쓰는 일이 행복해서 씁니다.'

이 말을 하고 싶었지만 그저 한없이 부끄럽다는 토를 달게 되었던 모양이다. 아무튼……난…….

그래도 나는 살아 있는 동안 자신만의 문학의 시간 속에 머물러 있고 싶다. 나만의 태양이 만든 그림자를 그리기 위해. ✗

작가 후기

—

여기 있어

1쇄 발행일 | 2019년 01월 11일

지은이 | 곽설리
펴낸이 | 윤영수
펴낸곳 | 문학나무

문학나무편집 | 03044 서울 종로구 효자로7길 5, 3층
기획 마케팅 | 03085 서울 종로구 동숭4나길 28-1 예일하우스 301호
이메일 | mhnmoo@hanmail.net

출판등록 | 제312-2011-000064호 1991. 1. 5.
영업 마케팅부 | 전화 | 02-302-1250, 팩스 | 02-302-1251
ⓒ 곽설리, 2019

ISBN 979-11-5629-086-5 03810